与文学名家对话·中国当代获奖作家作品联展

高长梅 王培静◎主编

汉字的战争

嘉男 著
JIANAN WORK

花山文艺出版社

图书在版编目(CIP)数据

汉字的战争 / 嘉男著. – 石家庄 : 花山文艺出版社,
2013.7(2021.6 重印)

(与文学名家对话:中国当代获奖作家作品联展 / 高长梅, 王培静主编)

ISBN 978-7-5511-1276-5

Ⅰ. ①汉… Ⅱ. ①嘉… Ⅲ. ①短篇小说 – 小说集 – 中国 – 当代 ②小小说 – 小说集 – 中国 – 当代 Ⅳ. ①I247

中国版本图书馆 CIP 数据核字(2013)第 150756 号

丛 书 名: 与文学名家对话: 中国当代获奖作家作品联展
主 编: 高长梅 王培静
书 名: 汉字的战争
作 者: 嘉 男

策 划: 张采鑫
责任编辑: 于怀新
责任校对: 齐 欣
特约编辑: 李文生
全案设计: 北京九洲鼎图书有限公司
出版发行: 花山文艺出版社(邮政编码:050061)
(河北省石家庄市友谊北大街 330 号)
销售热线: 0311-88643221
传 真: 0311-88643234
印 刷: 永清县晔盛亚胶印有限公司
经 销: 新华书店
开 本: 710×1000 1/16
字 数: 155 千字
印 张: 11.5
版 次: 2013 年 8 月第 1 版
2021 年 6 月第 2 次印刷
书 号: ISBN 978-7-5511-1276-5
定 价: 39.90 元

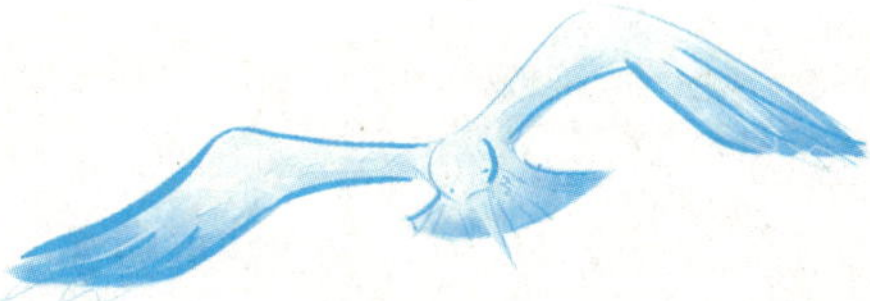

目 录
CONTENTS

第一辑

志愿者

汉字的战争 / 002

革命头 / 004

鬼子军服 / 006

电梯间 / 011

宝马 / 014

上吊树 / 016

志愿者 / 019

将军的家 / 021

目录 CONTENTS

第二辑

人民的墙

假发 / 034

人民的墙 / 046

扫街女人的午睡 / 059

巡道工王守国工作简史 / 068

打牌的时候 / 079

断手 / 091

畜语 / 093

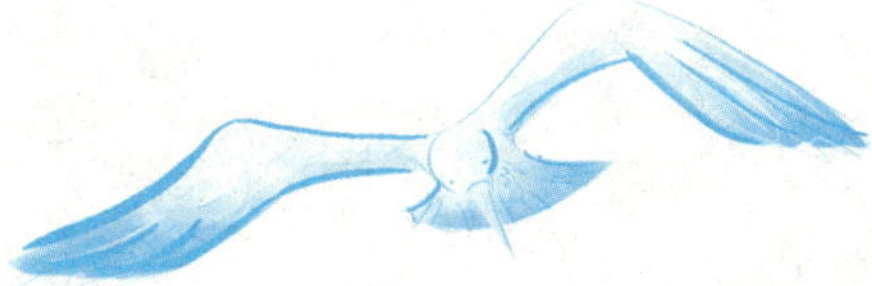

目录
CONTENTS

第三辑
瓜娃看世界

瓜娃看世界 / 098

面相 / 100

花黄 / 110

上坎儿 / 121

城乡生活简记 / 133

第四辑
水底的大王

水底的大王 / 138

目录
CONTENTS

女孩飞翔 / 140

第五辑

好宝贝儿

好宝贝儿 / 146

找魂儿 / 161

第一辑 志愿者

汉字的战争

突然，喊杀声从四面的草丛中整齐地跃起，参差不齐地向内聚拢，稠密的大军迅速弥合成了一个完美的圈子，向中心移动着，越来越近。

兵和伙伴们挥舞着大刀，向外冲，闭着眼睛一路砍杀，喊声和呻吟声交织在一起。他只看到血，却没有路，不断地有人挡在他的面前，他不断地挥刀，一寸寸向前。挥杀间，他突然感到左大腿凉了一下，身体无法平衡，扑通一声倒下去，紧接着伤口就热辣辣地剧痛起来，他少了一条腿。然后，右大腿也嗖地一凉，没了，火辣辣地痛。为了不被踩死，他挥舞着手臂，从千百只腿脚的缝隙中向外围爬去，敌人只忙于站立的人，没有人注意他，注意到也没有人会相信他能活下来，于是，他有机会继续爬着，那场混乱的厮杀渐渐地落在他的后面，声音淡远了……

终于，他爬到了附近的一座小山丘上，他以为这样可以看得远一些，把世界看得清楚一些。他还在这里找到了止血的草药，忍着苦用嘴嚼烂，敷到了伤口上。血止住了，可他失了太多的血，厮杀和爬行耗尽并透支了他全部的力气，他刚做完这一切，就在半山坡上晕过去了。天地间只是寂静。

不知过了多久，他醒来。他听到一声低沉的问话。“喂，你叫什么？”

他四下望了望，没见到人，很是困惑。这时那声音又问了一遍同样的问题。他这才迟疑地答：“我……叫兵。”

“兵？”

“对，古人发明我这个字的写法时，我的形状是一个人双手举着斧头。”

“噢，是兵器啊。”那声音说。

兵说：“这个字本意是兵器，不过现在引申为士兵了。”

那低沉浑厚的声音又同情地说：“刚从战场上下来吧？该死的战争，都把你变成我了。”

兵又困惑地四处逡巡，不解地问：“我怎么变成了你，你是谁，你叫什么？”

“我叫丘。”

“丘？”

“就是你身下的小土山啊，写出来跟你原来很像的，跟你现在的样子一模一样。”

兵低头看看丘，上下左右地研究，说：“你一定也经历过一场恶战，战争真是残酷啊，看，你的两条腿都被炸飞了，可不跟我现在一样吗！”

丘说：“你说得不完全对。‘丘’字的本意是小土山，古人造这个字时的写法是，两个小山在一条地平线上，后来，经过金文和小篆的演变，就变成现在这个样子。但我的身世可没这么简单，我原来可是“岳”啊，我搞不懂是哪一场战役，一方的士兵把我的半山腰做了阵地，另一方就向我猛烈开火，把我的下半身炸毁了，上半部轰隆隆塌下来，可怜我巍巍一座山岳，沦落成现在的小丘。”

兵点点头，思考了一会儿，找到一根木棍支撑着身体，大口大口喘息着，艰难地把自己立起来，可是没立住，伤口的剧痛又让他大叫一声倒了下去，汗都滴到了丘的身上。

丘说：“你要干什么？别看我现在这个样子，但还能给你庇护，给你提供草药，提供野菜或干果，你就在我这儿好好养伤吧。”

兵不说话，仍然喘息着，一脸大汗，他咬紧牙，又一点点把自己的躯干立起来，终于立直了，疼痛使他浑身颤抖，但他坚强地挺住了，没有再倒下去。

他看着远方对丘说："哥们儿，别灰心，你看，我，一个失去双腿的士兵，再加上你这个小山，就是一个'岳'字啊，又一座山岳不就矗成了吗？战争破坏了我们各自的完美，但我们齐心合力，就能使残存的事物重新变得完美！"

天上的云看见，一座新的山岳真的长成了。

它慢慢地变得高大伟岸，变得丰饶，变得奇丽，变得祥和纯净，成为地球上的旅游胜地，和平的人们在岳麓山巅，洒下欢乐的笑声……

革 命 头

黄昏时，她潜进了一个村子。

她在村边一户人家的柴草垛与院墙之间的空隙中蹲伏下来。其实她已筋疲力尽，肚子里咕咕跑动着声音，胳膊上的伤口灼热地痛着。但她深吸了一口气，用以支撑自己，眼睛警惕地盯着四周。

这户人家的院门吱呀一响，一个大闺女迈出门槛，向柴草垛走来。这闺女，一根乌黑的大辫子垂到腚下，留着长长的辫梢，红头绳系了有三指宽。她屏住呼吸，看着这根长辫子。她也曾有这样一根长辫子，绸缎一样亮光光的，油滑滑的，村里的姐妹们羡慕，她自己也暗自得意。两年前，两支共产党的队伍来到她的家乡，她一下子羡慕起那些女兵来了，她们个个都梳着齐耳短发，又新潮，又神气，村里人把那叫作革命头。女兵们把村里的女子组织起来唱歌："人人来宣传，妇女听一番，宣传的话儿好好听，放足闹革命，打败鬼子兵，保家保和平！"于是，会唱民歌的她瞒着娘，跳下火炕，冲出家门，去了区政府，也成了一名“女宣传”，辫子咔嚓一声落了地，她也有一个革命头了。没想到，只一年，日本鬼子被打跑了，他们又开始打国民党。最近的一仗打得不顺，她和战友们被打散了。

她怕吓着闺女，一动不动，一声不吭。

闺女抱了一抱柴，扭身离去，辫子晃悠着。她刚想叫住闺女，一个挽着发髻的中年妇女，挎着篮子从柴垛边的小路经过，她只得又缩了回去。看着妇女的发髻，她想起了母亲，两年没见，不知母亲怎么样了。她发现这个村子和她的家乡一样，女人们的发型就两种，没出嫁的就是一根大辫子，出嫁的，上了年纪的，就是一个发髻。

她正犹豫着要不要去敲这户人家的大门，那闺女又出来了，朝柴垛走过来。她四周撒眸了一圈儿，没有人，便轻咳一声，站了起来。闺女吃了一惊，一看她的发型和衣服，认得是共产党的女兵，脸上的表情松下来，眼睛倏地放出光芒。闺女也四周看了看，朝她招招手，扭身往家走，她跟了进去。

闺女的娘正在做饭，平静地看了她一眼，和蔼地说：“你不用怕，我儿子也在外面打国民党呢。”闺女把她领进自己的屋，让她洗了脸，替她包好胳膊上的伤口，又找出自己的一套衣服让她换上。这时饭也差不多好了，闺女把一碗菜汤和两个红薯摆在她面前，让她趁热快吃，自己又出去了。

一会儿的功夫，闺女带回一个也是挽着发髻的女人，对她说，这是村里妇救会的会长。妇救会会长上来拉着她的手，问明一些情况，说，让你受苦了，你放心，俺一定要保护好你。她像见到组织和亲人一样，心里踏实了许多，虽然吃了点东西，有了点力气，但是沉重的困倦又黏上来了。她摇晃了一下，会长和闺女连忙扶她躺下，让她放心好好休息。

她躺在闺女的炕上，迷迷糊糊听到会长和闺女去了外屋，加上大娘，几个人在商量事呢。会长说，怕是国民党的人又要来搜查了。大娘说，家里是没地方藏，要不到山洞里躲躲？会长说，天冷了，洞里更冷，谁受得了？再说你知道山上有洞藏，那些人就不知道到洞里去找？闺女说，要不还是老办法，再找个假发髻给她戴上？就说她是俺姐，回娘家来了。会长说，哄不住那些人，你忘了去年，有两个共产党的女兵藏在咱村，我给弄了两个假发髻戴着，还不是叫那些人一把揪下来，露了馅儿，把人给抓走了？闺女说，兴许来的不是那伙人呢？会长坚定地说，不行，还得想别的招儿……

她的意识越来越模糊，听到的话越来越遥远，忽悠一下就睡过去了。

天亮后，她醒来，见那闺女正站在炕下对着镜子梳头，辫子没了，是齐耳短发，和她一模一样。闺女对她笑笑，她愣了一下，也笑笑。

果然，那些人来了，挨家挨户搜，把村里四十岁以下的女人赶到破庙里集合。她也随着闺女去了。她愣在那里，一夜之间，村里的姑娘媳妇们，发髻和辫子都变成了清一色的齐耳短发。那些人更是愣着神，眨巴着眼睛，不知从何处下手。

革命胜利后，她在文艺单位任职，有机会梳长发，也曾有机会烫头发，但她想都没想，一直留着齐耳短发，直到老了，病故。

鬼子军服

1

宁县的日本鬼子有凶恶的，也有表面上比较和善的。

耿水田家隔壁的吉野翻译，对中国人就比较友善。他的军服比一般鬼子的衣服都漂亮，颜色要深些，质地要厚些，式样要精神得多。由于他配手枪，面相比较斯文，举止也一向稳重，所以没有那些长枪马裤的鬼子那般凶恶。事实上，他也从不对他的中国邻居吆五喝六的，遇到小孩子就笑嘻嘻地逗上两句，还掏出漂亮诱人的糖果。不过，耿水田没有得到过那种糖果，因为吉野翻译的家搬来这里的时候，他已经15岁了，不在吉野翻译弯腰笑嘻嘻逗趣的范围内，再说他已经懂得一些什么了，但不懂得人情世故，一般情况下是绕着吉野翻译走的。要是绕不过去碰上了，吉野翻译总是先打招呼。吉野翻译对所有的人都先打招呼。整条街上的人都怕那些鬼子，恨那些鬼子，却不恨吉野翻译。而街上的人呢，和吉野翻译搬来前一样，平静地过日子。

不知道是不是这个原因，宁县这条街上的小孩都平安地长大了，耿水田也顺利地长到18岁。没有谁像后来的电影里演的那样，在日本鬼子的烧杀掠夺中悲惨地死去。当然，也有一些令人不快的事，那就是许多人家的父亲和兄弟被日本鬼子抓去修建军事要塞去了。

耿水田的父亲也去了。耿水田的哥哥耿旱田也去了。他们走的时候，耿水田哭得很厉害。他舍不得父亲，更舍不得哥哥，耿旱田比他大两岁，两人却像孪生兄弟一样，做什么都在一起，彼此都有感应，有什么事，一努嘴，一个眼神儿，就都明白对方的意思了。

耿水田很想念父亲和哥哥，他不知道他们在哪座山上，也不知道他们能不能再回来。

现在，耿水田就是一家之长，和母亲一起，撑起这个家，照顾弟弟妹妹。他种地，也要上山打柴。

2

再说耿水田的父亲和哥哥。

耿水田不知道他们在哪里，他们和街上的人一起，一去一年了，没有人回来，没有什么消息。但他们自己知道自己在哪里。他们在离家百里之外的老黑山一带，在密密的丛林里。

他们也知道自己在给鬼子干活，但他们不知道，像他们干的这种活，在伪满洲国的边境上有十多处，有地上的，还有地下的。有岗楼、炮楼、掩体，有地下隧道、仓库、水电站。他们吃的是掺了野菜的麸面窝头，还不给吃饱。穿的呢，夏天好办，冬天，每个人的棉衣都大窟窿小眼子，都冻得上牙打下牙，咯答咯答响着，浑身发抖。他们的目光动不动就往鬼子身上溜，不是担心挨打，是眼馋他们身上的大衣，长长的，厚厚的，该有多暖和！

幸运的是，耿旱田和父亲都是外围劳工，他们既不是干技术活的，又没有为那些干技术活的人搬石运土，所以，当这个工事完工的时候，他们还活着，而那些知道要塞秘密的劳工，都被秘密地杀掉了。耿旱田和父亲的幸运在于他们是要塞附近的人，不能重用，而那些人的不幸在于他们是离这较远的华北一带的人，是一些被俘的抗日军人和少数平民百姓。

那些人有一部分也曾组织起来逃跑过，他们杀死打伤了几个翻译官、哨兵和卫兵，逃走一些人，但也有十多个不幸的被抓回来枪决了。

像耿旱田和父亲这样的，没想过要逃，再累，再饿，再冷，活没干好挨打也受着，要是逃回家，可家就在这附近，又会被抓回来，不如就熬吧。

3

出了宁县小城两里地就有一座小山，耿水田一般就在这里打柴。

山上不能说寂静，因为有鸟叫和动听的回音，还有看不见的虫子也在叫，还有树叶在响，还有斧头起起落落。耿水田又来打柴了。耿水田耳边满是这些声音，却感到山是空的，静的，以至于他背上一捆柴走下山时，听到山边土路上的打骂声是那样大，像斧头的起落那样沉重。

耿水田放下柴，躲在树丛后看过去，是两个鬼子兵在打一个中国人，一个中年男人爬起来又被踢倒，起来，又倒下，鬼子一边打着，一边嘴里叽里呱啦地骂着。耿水田一急就要冲上去，迈出一大步又想到，他一个人赤手空拳，怎么打得过两个扛长枪的鬼子呢？这就用到急中生智这个词了，他突然想到了邻居吉野翻译，平时吉野对中国人还算客气，找他来管管这件事应该没有问题。

耿水田撒腿往家跑，到了自己家也就到了吉野翻译的家。可吉野翻译家的门开着，屋里却没有人，一个人也没有。耿水田又热又急，一身的汗。吉野翻译去哪了呢？可他的军官服和手枪都挂在衣架上。耿水田抹了一把汗，计上心来，脱下褂子，把吉野翻译的军服和手枪一包，抱起就跑掉了。

回到山里，耿水田飞快地换上吉野的军官服，挎上手枪，做出不慌不忙的样子，沿着土路向那两个鬼子兵走过去。他用平时学的几句日语骂两个鬼子，又啪啪打了他们几个耳光，故意打得很重。两个鬼子只有低头站在那里，嗨！嗨！然后，他让两个鬼子走了。

鬼子一走，耿水田悄声对那个中年人说：“你别怕，我也是中国人，快走吧。”

耿水田又飞快跑回山里，换下吉野翻译的军服，穿上自己的衣服，仍用褂子包好军服，飞快地跑回吉野翻译家里。谢天谢地，吉野翻译家里还没有回来人，他把军服和枪又放回衣架，回到自己家里，瘫软在炕上，一身的冷汗。

4

第三天，耿水田的父亲回来了，耿旱田没有回来。街上有的人家的父亲或兄弟也回来了，有的人家的也没有回来。

三天前，那个要塞的工程结束了，鬼子放外围的劳工回家。一大早，鬼子拿出一大堆的军大衣让他们随便拿。很多人都拿了，有人还拿了好几件。八月中旬的天气还有点热，那也顾不得了，手里拿不了，就穿在身上。

耿旱田自己拿了一件，又给父亲拿了一件。父亲说："要这破东西干啥？我不穿鬼子的衣服。"

耿旱田说："咱不能白干一场。拿着，到了冬天你不想穿也得穿了。"

父亲不要。耿旱田就把自己的一件穿在身上，替父亲拿着的一件搭在胳膊上。他们一群人在山里走着，想着要活着回家了，个个都长出一口气，一路上说说笑笑。父亲看耿旱田穿着鬼子的军服，觉得别扭，就和儿子分开了，和那些没穿鬼子大衣的人一块走。

突然一声闷响，一颗炮弹落在穿鬼子大衣的人堆里，紧接着，又一颗炮弹落在一片惨叫声中。他们就没有声息了。耿旱田就这样死了。那是苏联红军的炮弹，他们不知道，苏联红军已经进入中国境内，帮助攻打日本鬼子。炮弹像长了眼睛，绕过破衣滥衫的那拨人，只一直追赶那些穿了鬼子大衣的人。

耿水田知道，自己没有死在那两个鬼子的枪下，也没有死在吉野翻译的枪下，冥冥中，是哥哥替他死了。父子俩抱头痛哭。

电梯间

在这繁忙的写字大楼里，哪里才是清静处呢？

没人的电梯间！

这是丁小乐在同事兼球友老海跳楼自杀后的第二天偶然发现的。

老海是头一天夜里从这二十二层高楼的楼顶跳下的，第二天来这大楼上班的人们全都震惊了，从一层到二十二层，都在议论着老海，彼此用费解的目光和语言，探寻着老海跳楼的真相。丁小乐当时浑身发凉，胸口有什么东西揪成了团儿，他一心想找个地方静一静，可无论是办公室还是走廊里，到处都是喧嚣的，弥漫着不安的气氛。他钻进电梯，打算到顶楼去安静一会儿，可是通向顶楼的梯口已经被封死了，他突然想起刚才上来的时候电梯里只有他一个人，里面很安静。于是，他又回到空空的电梯，按下数字“1”，顺心的是，电梯一直没有被截住，他就这样一个人，不被打扰地，静享了一段垂直的时间。

他就这样发现了电梯间的妙处。

已经一个星期了，他仍是不能从那种周身发冷、胸腔堵塞的感觉中走出来。老海自杀的原因已经有了一个明确而统一的说法——忧郁症。但是，没有人相信。人们感到费解，因为老海整天笑眯眯的，似乎天生就没脾气。开始，丁小乐也不相信，他动不动就坐在椅子上发呆，他和老海经常在一起打乒乓球，从不知老海有什么烦恼，这样的人怎么能得忧郁症呢？现在，丁小乐开始相信了。人都是多面的。就像他，给同事们的印象就是整天闷头干活，不争不抢，没有牢骚和怨言，谁会知道他喜欢一个人的电梯间呢？谁知道他在里面做什么呢？

电梯间可真是一个值得利用的地方，只要它是一个人的空间。下班的时候，外出办事的时候，只要碰巧一个人独享这个小空间，丁小乐就抓紧这片刻的功夫，做一些自己喜欢的名堂。

现在，既不是下班时间，也没有公事需要外出，但丁小乐经过一阵紧张的忙碌后，又开始想念电梯间了。别人累了去接一杯水来喝，他却向电梯走去。

太好了，电梯里一个人也没有，这才称得上是世外桃源。塞满了人的电梯比办公室里还糟。早晨，上来的人虽然有模有样，却呼出刺鼻的大蒜味和咸菜味儿；中午呢，很多男人都没有好样儿了，不是还没从午觉的迷糊中醒过来，就是满脸通红，嘴里喷着酒气。这两种时候，丁小乐不好意思皱眉头，就偷偷地屏住呼吸。要是电梯里人太少，少到只有两个人，也令人不自在。最糟的也有两种情况，一种是电梯里只有他和一个时髦女郎，他会心脏剧跳，手脚找不到合适的地方；另一种是电梯里只有他和公司老总，他跟老总打过招呼后，就不知再说什么好了，老总板结的脸，让他感觉几十秒或几分钟的行程是那样漫长，他只想逃。

一个人独乘电梯的时候，是最自由自在的时候。丁小乐按下最顶层的按钮，这样他有更多的时间来放松自己。对他来说，三十年的人生不算曲折，可也压力不轻，他刚刚还清大学时的学费贷款，正为找老婆发愁呢。他买不起房子，性格又内向，做事循规蹈矩，如今的女孩不喜欢这种类型的男人。不过，最让他感到疲惫的还是生存，在这幢大楼里，每个人都是暗中的敌人，为竞争一个好职位明争暗斗；每个人都忙得喘不上来气，脸上灰突突的。

电梯的门一关上，丁小乐就笑了。他活动了一下四肢，仿佛是在做一项运动的热身准备，接着他开始拳打脚踢，可以看作是对武打动作的模仿，也可以看作是他在对头脑里的敌人施暴。他并不总是这一套，如果时间短，就只做几下鬼脸，放松一下脸上的肌肉。有时，他会跳几个街舞动作。不管做什么，他眼睛看着门上的指示灯，以便电梯一停，自己能及时恢复常态。所以，他一次也没有被别人发现过。他是个再正常不过的人，正常得没有什么特点。只有他自己认为自己比同事老海要聪明一些，自杀不是真正的解脱，这世道越来越复杂，谁不是在为生存、为俗事杂事而疲于奔命，一刻不得安宁？谁有能力跟环境对抗？人只能调节自己。电梯间就是他发现的一个因地制宜的好地方，在这里，他通过自己的方式，获得了片刻的喘息。

丁小乐抬头瞟一眼指示灯，用力把脚踢上头顶，却差一点摔倒，因为电梯突然剧烈地晃了一下，停止不动了。刚好在最顶层。

电梯里黑得像无极远的宇宙。

怎么回事？恐怖分子袭击了大楼吧？他在黑暗中站着，听着自己的呼吸。但他没有慌张，静听着外面的动向。很快，有人来拍电梯的门了。

“有人吗？里面有人吗？”

“有。”丁小乐大声回答，他得让人知道这一点。

外面的人安慰他：“别怕，是停电了，一会儿就好了。”

丁小乐又笑了。真的不用怕，不就是没电了吗？早晚会来的，这是多好的放松机会！不用担心电梯在哪一层又上来人，看到他这个样子会吓一跳。这段时间，他想干什么就干什么，也不用抬头看指示灯了。

可惜，这个时间不是很长，也就几分钟吧。电梯里忽然恢复了尘世的光亮，门哗啦一声开了。外面的人惊愕地看着电梯里的丁小乐。

那时候，他正在倒立。

宝　马

宝马是将军年轻时胯下的一匹战马。

将军一直记得它的样子：黑色，周身油亮，四蹄踏雪，奔驰起来身影俊美矫健。

那时将军当然还没有成为将军，可是那匹战马已是战场上最出色的马了。它不仅体态优美，令人赏心悦目，更有令人惊叹的耐力和速度，能日行四百里。未来的将军骑在它的背上，感受到它筋骨的运动，血脉的跳动，热血的流动，以及温度的变化和生命的气息。他与它，心息相通，他的勇敢传导给它，它立刻回馈给他默契和信心。它带着他，躲过敌人的大刀或子弹，使他杀死更多的敌人，建立赫赫战功。他驾驭它冲向战场，也冲向一个个向上的台阶，那是一个个通往将军的基石。人们都以为他的那匹黑马可能是汗血宝马，可他知道，汗血宝马在中国早就失传了，只留下民间传说。但他仍叫他宝马，前面加上“我的”，我的宝马。

将军现在很老了，正坐在宝马车上，准备去海滨的疗养院疗养。这一个宝马是孙子的，也是黑色的，周身油亮。明明是车，为什么叫宝马呢？孙子说，BMW，英文的解释是“Business（事业）、Money（金钱）、Woman（女人）”，中文的意思是“别摸我”。将军哼了一声，他知道这是孙子拿人们的扯淡在逗他。后来，他弄明白了，那几个字母，不过是“巴伐利亚发动机制造厂”的英文缩写。

经过漫长的塞车，孙子的宝马终于在高速公路上跑起来了。将军第一次坐这车，他想念起自己的宝马，因为将军开始晕车了。打完江山后，将军没有马骑了，开始他坐吉普车，很多年后，坐的是普通轿车，都没有晕过。现在，一个将军，竟然晕起车来了，是自己老了吗？不，他认为老不是问题，是孙子的宝马封闭太好、速度太快了。

孙子并没有发现祖父的不适，还在为自己的车扬扬自得呢。爷爷，你知道吗，宝马车的加速性能和高速性能在全世界的汽车界可是数一数二的，各国警方的警车首选宝马车。唔。将军在后座上双目紧闭，感觉胃里在蠢蠢涌动。他隐约听到车窗外的风，可就是没有新鲜空气。他自己的宝马在他的脑海里跳跃着，他一直想念它，他其实没有喜欢过吉普车，也没喜欢过普通轿车，他只喜欢马。他骑在马背上，风在耳边呼啸而过，空气清新，景物扑面而来，却又能让人来得及欣赏，马蹄踏起的烟尘浮在他的靴子上，他知道他是与一个活生生的生命共同去丈量一段距离。他的时间与马的时间是一样的。而现在，他坐在一个也叫宝马的铁壳子里，感受不到一点自然的东西，车的速度是很快，可不是他的速度，他度秒如分，度分如时，度时如天。不知是道路漫长还是时间漫长。

还在塞车的时候，将军就在浮想了。那么多的车，那么多的铁疙瘩拥挤在一起，人是多么依赖机器呀。结果是，人在退化。过去，骑马人与马一样剽悍矫健，现在，就拿孙子来说，他一天走不上几步路，走点路就喊累，人越来越胖，自己喘息，压得汽车也喘息。汽车没有生命，不足为惜，孙子可承载着将军的基因啊！将军心疼，却无可奈何。现代的人，迷恋机器，迷恋速度，他可以在战场上，阻挡一个敌人或更多的敌人，却不能在和平发展的年代，阻挡全世界的人们对速度的追求。

将军的肚子里装的全是汽车的坏话，但是他一句也说不出，胃里开始翻腾。但一个将军晕车简直是笑话，所以他佯装平静，闭眼假寐。孙子以为祖父睡着了，不再说话，专心开车。要不是怕超过限速被罚款，他还想再快点。将军承认，有了汽车的速度，远的地方近了，比如他要去的疗养院，也就四五个小时就到了，他本来不急，要坐火车去，孙子非要用宝马车送他，孙子要让祖父感受一下现代化到了什么程度，也是为了显摆一下自己。看在孙子放下生意专程为他跑一趟的分上，将军也想了想汽车的优点，孙子的铁宝马坏了可以修好，换一个零件继续跑，而他的肉宝马，一个零件严重损毁，就只有死亡。在一次战斗中，他的宝马心脏中弹，他永远失去了它。

可是，人类为什么非要追求快呢？人类为什么会以为快速是好的呢？快产生了丰富的物质，却也产生了心灵的问题。快使人焦躁，使人心理失衡，使人坐立不安。快无论有多么好，人仍是要死亡，也许更快地奔向死亡。因为快也产生更多的无常。

将军胃部的涌动也加快了。他“呜”了一声，挣扎着伸出枯手，想要一件什么东西。孙子在车前镜中看到了，却无法在高速公路上停车，急忙减速翻找塑料袋，慌乱中，车子像中了邪，冲出护栏，栽进了树丛。

将军死前在医院的床上醒来，他留下遗言：“选几匹好马，我要乘马车去墓地。”

于是，将军的葬礼结束后，一驾三匹马的马车，载着他缓缓地从容地驶向他的终点。

上 吊 树

韦吉祥老人决定去死。

他不想服毒，弄得肚子不干净。他也不想跳楼，虽然这是当今最方便的被更多采用的死法，村子被开发后，全部盖上了六七层的住宅楼，随便哪个爬上去，闭眼跳下都能摔死，要觉得没有把握的话，可以坐上中巴车，到城里的闹市区，高楼大厦多得是，一摔就是一个肉饼。可明摆着，这样的死法太难看，也很不环保，他不愿意让自己的血洒在冰冷的水泥地上。

决定去死，韦吉祥老人一下子就想到北门那棵著名的歪脖树。那是远近十里八乡两道有名的风景之一，另一景在小虎寺附近，也是一棵歪脖树，树不高，却有合抱之粗，不光树脖子歪，浑身的枝枝杈杈都是铁丝一样扭曲着，而且还长满了疤瘌眼儿，令人不禁驻足，可惜早已被成片开发的楼房吞没了。

北门的歪脖树，除了脖子歪，没什么好看的，它的著名主要在于实用，其实歪把子树做什么都不是块料，它最佳的用处就是用来上吊。早年时常有活不下去的人，随便找棵树上吊，却不成功，到这棵树上来吊，一吊一个准儿，保准救不活，这棵树就这样渐渐成名了，在韦吉祥老人的有生之年里，看到的、听到的也不少，远远近近遇上七灾八难活不下去的人，不惜走上二三十里路，慕名来北门找到这棵树，吊上去就死了。这简直就是一棵勾魂树。

韦吉祥老人决定去找这棵树。眼下，这棵树是那样的亲切，差不多是他亲近大自然的唯一方式了。在这世上，他已没有留恋，老伴先行去了，几个儿女，正为楼房的分配打得不可开交。生活好奇怪呀，本来可以说是无忧无虑了，儿女们各过各的日子，可是开发商来了，他的珍贵的祖居变成了三套楼房，他住一套，两个儿子各一套，可是嫁出去的女儿也跑回来，非要分一杯羹。结果儿子们不高兴了。他们吵得他头昏眼花，活得无趣。人心不足，“有”倒不如“无”令人平静。现代文明是要让人过得更好，却撕开了生活的裂口和人们内心的伤口。儿女都是如此的嘴脸，他还有什么指望呢?

北门也不是印象中的北门了，韦吉祥老人坐了二十分钟的公交车来到这里，发现这一带也被临时的围墙圈起来了，包括那棵歪脖树。一架挖掘机正轰轰地响着，巨大的铁爪抓着泥土，慢慢地移到一边，别看这庞然大物动作迟缓，可要不了多久，这里就矗立起高楼大厦，人们就再也想不起北门原来的样子了。

韦吉祥老人向那棵树走去。挖掘机再有十米八米就挖到树下了。他心里咯噔一下子，难道剩下的这一道景观也保不住了吗？也许它死不足惜，一棵勾魂树而已，而它的作用也被高楼代替了。可这老人需要它，认定了它。他要死在有土有地气的地方。他观察着它，它的脖子的确够歪够斜，而且粗糙得厉害，也许正是这样一个歪斜的角度和充足的摩擦阻力，才保证了上吊的成功率，他对着这棵树现出满意的表情。

一个工头模样的人走过来。“老爷子，在这干什么？有什么事吗？”

“这棵树……”老人犹豫着怎么说好。

“没用处，你砍回去烧火吧。”

“不能，留着有用，砍下来才没用处。”

“你这老头儿，真奇怪。快走吧，这是工地，闲人免进。”

“能不能把这树留个一两天？”老人边走边回头看着那棵树。

“留它干什么？要砍你就来砍，没了就没了。”

这天晚上，韦吉祥老人不敢耽误，在公交车收车前赶到北门，从围墙的缺口摸进去，找到那棵歪脖树。远处的路灯朦胧地照过来，他隐约看出，挖掘机再有半米就挖到树根了，不知是刚好挖到这里就下班了，还是工头真的为他留的。这可不太妙，他发现歪脖是朝着挖过的大坑一边歪的，这还能有用吗？可是，他已经来了，已经做好了准备。不必再多想，他把绳子甩到歪脖上，系好了绳扣，攀踩着一个树杈，将头伸进了绳套……

正如老人担心的，歪脖树在他的坠压下，忽忽悠悠地斜了下去，他嗓子眼儿里咕噜咕噜地发出一阵声响，扑通一下，掉进了松软的土坑里。绳子已经没有力量勒死他，倒使他觉得万分难受，他用尽力气，解开了绳套，然后坐在那里拼命喘息。一束电光照到他脸上。工地守夜人大喝一声：“干什么的？”

韦吉祥老人尴尬至极，一手遮脸，一手撑着地爬起来。

“你这老头儿，看工地上没什么可偷的，就来偷这棵树？”

“我不是小偷！”

老人瞥见那棵树歪在低空，快倒在地上了。他深深叹息了一声，匆匆而去，夜色遮掩了他满脸的羞愧。

志　愿　者

夜晚，他坐在电视机前。

电视机是从旧货市场买来的。

这个月，他的妻子上晚班，他独自看电视打发时间。其实，他很累了，白天在一个建筑工地干了一天活儿，晚上只想早早睡觉。但他想先看看本地新闻。他对这个城市的了解，就是通过本地台的新闻来的。

漫长的广告过后，主持人终于出现在荧屏上。他瞪起眼睛，竖起耳朵，只听主持人说道：“本台记者今天在第一医院了解到，一个不满周岁的小女孩儿，昨天被父母遗弃在医院走廊的椅子上，小女孩儿一看就有病，经医生检查，她得的是白血病。看来孩子的父母没有能力救治孩子，把她抛弃了。你说，这孩子的父母可真够狠心的啊。现在医院已经收留了孩子，正想办法为孩子治病，希望广大市民，献出一点爱心，救救孩子。”

他呆坐在破旧的沙发上，眼睛仍盯着电视屏幕，耳朵却听不到声音了，这个城市又发生了什么事，他再也没听见。过了一会儿，他“啪”的关掉电视，嘴里骂一句：“可怜的孩子，狠心的父母！”

第二天晚上，他早早打开电视，调到本地台。他心里惦记着那个小女孩儿。

这回，主持人说道："昨天晚上，本台报道了白血病小女孩被父母遗弃的事件后，在市民中引起强烈反响，很多人来到第一医院为小女孩捐款，有些女士给孩子送来小衣服，有的小朋友送来了玩具。医院已经为小女孩专设了捐款箱，希望好心的市民们继续关注小女孩，关注我们的节目。"

他吁出一口气，脸上有了一丝欣慰的表情。他走到窗前，望着窗外这个城市光怪陆离的夜景，若有所思。之后，一连一个星期，他没有再看本地新闻，他深夜才回家。

这天晚上，他赶在本地新闻的时间，疲惫地扑到电视机前。"一周以来，社会各界和好心的市民们，给予白血病小女孩极大的关注。已经募得捐款两万元。捐款的人当中，有老人，有孩子，还有外来打工者。特别值得一提的是，有个年轻的外来工，捐出由零钱凑起来的一百元钱，说打工的单位还没发工资，这是他利用晚上的时间打零工挣的钱。医院让他留下姓名，他不肯，只说自己是志愿者。这些善良人的举动感动着我们，可是，小女孩的父母在哪里呢？"

主持人的声音还在简陋的小屋回荡，他却累得睡着了，睡得比以前踏实一些了。

他再看本地台新闻的时候是半个月后了。这天，他依然累，只是回来得早一些。他记挂着小女孩，泡了一碗方便面，就坐到了电视机前。关于小女孩的新闻又有了后续报道，不过是口播，没有画面。

"二十多天来，白血病小女孩一直受到社会各界和爱心市民的关爱，不断有人捐款捐物，一些女志愿者还组织起来，轮流到医院来照顾孩子。最让人感动的是，我们在以前节目中报道过的那个打工者，又多次来捐款，有时捐几百元，有时捐几十元，这可都是他的血汗钱呀。我们的记者要采访他，他躲开了，仍然只说自己是个志愿者……"

他没想到，到现在还有人在捐款，还有那些女志愿者，都让他感动。其实，他最想知道的还是小女孩的病情怎么样了，能做手术了吗？费用够不够？会不会有危险？但主持人没提。他关掉电视，爬上床。他得养精蓄锐，打工，赚钱。他感谢电视上的系列报道，让他知道这个城市还有那么多好人，还有温暖，比看电视连续剧有意思。

两天后，这组系列报道有了终结篇。主持人的声音有些激动。

“关于白血病女孩，我们有一个好消息告诉大家。今天中午，小女孩的亲生父亲现身医院，承认孩子是他丢弃在医院的。因为没钱给孩子治病，他选择了逃避责任，但他每天都在关注我们的节目，看到好心人这样帮助孩子，他内心受到震动，但他知道自己触犯了法律，不敢去医院认孩子，就拼命打工，挣一点钱就赶快送到医院来，他就是我们节目中提到过的那个多次捐款的志愿者……”

这天晚上，他没看到这条本地新闻，他在医院，在小女孩身边。他抱紧小女孩说：“孩子，对不起，爸爸再也不会离开你了。”

将 军 的 家

上 篇

一些年的夜晚，将军的家里到处都睡着人。

每个房间的床上就不用说了。客厅的沙发上蜷缩着一个，暗红色的地板上，躺了一大片，他们晚上刚躺下时，还规规矩矩的有些样子，到了半夜，就睡走了形，就横七竖八的了，所以，看起来有一大片。将军本人，或者将军的老伴宋米莲，或者将军的儿子们，不管谁夜里起来上厕所，都是踮着脚跳来跳去地走，怕踩了人。

不管是谁，在经过客厅的时候，同时都得经过一场精神折磨。首先是一股混浊的气味扑面而来，无孔不入，那是这些人的汗味、屁味、脚臭味。接着，是一片恐怖之声，有人鼾声如雷，震得窗框子都发抖；有人咬牙切齿，像家里来了成群的耗子；有人在噗噗地放屁，比起来这声音算是比较文弱的；有人哼哼唧唧，嘟嘟囔囔的，像是白天的不满的延续。这些声音，如果单独出现一项，谁也不觉得奇怪，会认为这就是生活的声音，再正常不过，甚至还有些亲切的意味，可是在夜里的同一时刻，它们不约而同地组合在一起，此起彼伏，就像一支演奏恐怖音乐的乐队了。将军和宋米莲是不怕的，顶多有些不舒服的感觉，他们的儿子们那时还小，往往是风一样窜过客厅，撒完尿，又风一样窜回房间。上了床，迅速用被子蒙上头，半天才放松下来，不知什么时候又睡着了。

有时候，他们要小心被吓一跳，会突然的从某个房间里传出一声短促的喊叫，像那里发生了谋杀案。再往下听时，又毫无声息了，那个房间里的人迅速地忘掉噩梦，又睡死了。这种情况，要是将军或宋米莲碰上了，也会头皮发麻，心跳加速，愣在客厅地板上那些身体的缝隙之间。当然，不可能有什么谋杀，谁都没有这样想过。听不到下文了，他们就放心地回到自己的房间。

这一切，都是因为将军这个人成了将军。

躺在家里的这些人，都是将军和宋米莲农村老家的亲戚或亲戚的亲戚，朋友或朋友的朋友，熟人或熟人的熟人。

要是将军还是个小战士的时候，没有什么野心，没有什么本事，当它几年兵，又回到农村老家，那么最可能出现的情形，就是将军和宋米莲，同这些人一样，各过各的日子，顶多过年的时候，拎包点心或提几瓶酒走动一下。将军还要像村里做夫婿的男人们一样，到另一个村，也就是宋米莲的娘家去一趟。

当初谁也没有想到，这个走出村的小伙子在部队上能提干，尽管小伙子本人和家人和亲戚都这样幻想过。这小伙子还真有出息，官越做越大，进的城市越来越大，住的房子也越来越大。

这样一来，将军的村里人和宋米莲的村里人，就没有谁能忘记他了。有什么难事，脑子稍一晃动就想到他了。这使将军和宋米莲觉得，他们的亲戚朋友，比他们住在农村时不知多了多少倍。

这些人别看平时不出门，可到城里找将军的家，没有找不到的，将军和宋米莲想丢都丢不了。城市是复杂的，活的，可地址是固定的，死的，他们像瞎子在城市里转悠，思维和嘴巴像瞎子手中探路的长杆，东一下，西一下，却总能把他们带到纸条上写的地方。他们背一个破包，门一开就往里钻，坐下来了，心就安定下来了，管它事儿能不能办成，吃住的地方是有了。

这些人的难事，对于他们自己也确是难事。年轻的要求将军给他们自己安排一个工作，或者要求将军在城里给他们找一个对象。年纪大的，不是要将军给他们找个好医院看病，就是要将军给孩子找个工作，再就是要将军给他们没有考上学的孩子找个学校上学。好像这个城市是将军的，指哪儿打哪儿，他们想上哪儿就能去哪儿。

一些事情，将军是办成了的，比如找医院，这是最好办的。他还给一个侄女在部队上找了一个对象，把宋米莲的外甥弄来参军，给一个儿时伙伴的孩子找了一个烧锅炉的工作。可有些事情，将军也无能为力，比如将军的弟弟非要把自己几个儿子的户口迁到这个大城市里来，在这里找工作，分房子。将军办不成，他就一口气在将军的家里住了半年，每天还要小菜侍候，喝两顿小酒。

要说将军不烦也是假话，他不是烦这些人住在家里有多麻烦，而是为一些不好办的事情为难。但他到底是农村出来的，那种朴实劲儿一直没丢，有能力帮一把乡亲，他不会不管，青少年时代，在村里，他本来就是个乐于助人的人。再有，就是他怕乡亲戳他的脊梁骨，说他忘本了，不认人儿了。

换成别人，将军家的这种状况非吵架不可，而宋米莲却高兴。来了人求将军办事儿，她比将军还热情，反正事儿是将军去办。

宋米莲在嫁给将军前，在村里也是个热心肠的姑娘。她也喜欢热闹，但没想到将军的家会是这种热闹法。当初，她被媒人介绍给邻村一个回来探亲的军人，她对他印象不错，就决定嫁给他，但并不了解他多少，她也不知道她嫁的人日后会成为将军，本来她是等着这个人回乡后，大家仍生活在一个村子里，多热闹。这个人却回不到村里了，回来一趟是结婚，又回来一趟是探亲，再回来一趟，就把她和整个家都带走了。

宋米莲在城里住了二十多年，乡音未改，装束未变，除了养了三个儿子，就是包揽了全部的家务。将军从未给她找一个单位，她的活动范围大体上就是军属住宅大院，认识的几个人，就是将军的几个同事和他们的老婆。她一直听不惯大院里的南腔北调。她觉得自己在这个城市里是死的。所以，当越来越多的乡下亲戚和朋友住到家里来，她最高兴，不管是娘家村上的，还是婆家村上的，她都乐呵呵地接待。她以为自己又回到了亲切的乡村，面对熟悉的人，听着熟悉的口音，她感到自己又活了。

有一个冬天的傍晚，儿子们放学回来，发现家里的饭桌上，一个陌生小伙子在吃饭。宋米莲坐在旁边看着，像看自己的儿子。儿子们以为又是乡下哪个表大爷的孩子长大了，来向将军要一份工作，烦死了，都像没看见他一样，回到他们的房间不出来。将军下班回来的时候，小伙子还没吃完，看到将军，停在那里不知所措。将军和蔼地说："你吃，你吃。"将军在老伴身边坐下来，说："老家的晚辈都长大了，我怎么认不出这是谁家的孩子？"宋米莲便问小伙子："你看，我还不知道你姓什么呢。"

这是宋米莲偶尔上一次街，听见有人用她的家乡话喊抓小偷，他的钱包被偷了，就把人给领回家来了。因为谁也没抓着那小偷，这个小伙子立在街上哭得怪可怜的。当然，将军第二天派人买了一张火车票，把这个小伙子送回乡了。

宋米莲后来身体不太好，不管做什么都得停下来喘口气儿，对这一切却从没觉得累，从来没有抱怨。将军对家里这种现状是无可奈何。儿子们可是终于不能忍受了。不知怎么，将军和宋米莲的热心却没有遗传给儿子们。这三个小子从小就恨那些莫名其妙的乡下亲戚，因为他们的反复出现，家里像大车店，从来都是乱糟糟的。他们那么能吃，相应的，也就把他们哥仨的伙食水平降低了。他们的汗味，屁味，臭脚丫子味儿，使这个家的空气从来就没有清新过。他们的打鼾，梦呓，磨牙，放屁，就没有让这个家的夜晚宁静过。他们就像一群讨债鬼，一拨走了，另一拨又来了。

所以，儿子们迫不及待地长大了，迫不及待地离开了这个家。大儿子高中毕业就进了工厂，搬进工人宿舍里去住了，再也不回来，后来找了对象，分了房子，过自己的小日子去了。二儿子呢，考上了大学，他本来天资平平，成绩平平，是离开这个家的信念支撑他刻苦学习。离开家去大学报到时，他终于透过一口气。大学毕业后，他没有回到这个城市，他后来带着妻子孩子迁回来，是他母亲宋米莲去世之后的事了。三儿子的忍耐力最差，高中还没毕业，就急着让将军爸爸帮忙，参军走了。

这几个小子没有想到，这一走，就再也回不到家里了。

儿子们走后，宋米莲并没有觉得失落。乡下的亲戚朋友仍是不断地涌来，家里满满的人气儿，充溢在她的每一个毛孔，她忙得快活，做了一辈子家庭妇女，没什么建树，但活得还是挺充实的。

遗憾的是，宋米莲不太好的身体迅速的衰败了，这跟年龄没多大关系，她才五十来岁，跟她的病有关，她得的是肺癌。

宋米莲住院的两个月里，将军的家里并没有静下来，而是更热闹了。没有事求将军办的人也来了，他们的事就是看望宋米莲，这多半意味着见宋米莲的最后一面，有的人也是借此时机，向将军表达感激之情。他们一拨儿一拨儿地到病房去看过，回到将军家里，像回到自己的家，一面感叹好人怎么不长寿，一面自己动手做饭吃。而且因为将军的儿子们不住在家里，他们吃住起来很放松。夜晚，各个房间和客厅地板上的情况与从前没有分别。

这一切，宋米莲都看不到了，她去了医院就再也没能回到这个家。

宋米莲临终时拉着将军的手说："我呀，寿命短，但知足了，这么多的乡亲来看我。我死以后，你不管娶个什么样的女人，别怠慢了老家的人。"

宋米莲死后，这个家肯定不如以前那么温暖，那么热闹了，仿佛有一部分空气被她带走了。但老家的人该来的时候还来，人活着，事总是有的。将军的家，人气依然很旺。

下　篇

一些年的夜晚，女人陆露是独自一人过来的。

某一年，陆露跟随结婚没几年的丈夫来到丈夫以前生活的城市，也就是将军所在的这个城市。在这里，他们有了一套两居室的小房子，伴着闹市区的那些声音，他们好歹又生活了两年。在他们结婚六周年的那天晚上，陆露早早回家，做了一桌子的菜，然后等丈夫回来，给他一个惊喜。可丈夫一直到10点多钟才回来。他看陆露还在守着一桌菜等他，淡淡地说："你怎么还没吃啊？我吃过了。"陆露只好压抑着火气，自己吃。丈夫坐在一旁看着她吃，在她吃到一半的时候，他突然说道："咱们离婚吧。"陆露左手端着碗，右手夹菜的筷子停在盘子里，嘴巴张着。"你说什么？""我说咱们离婚吧。"陆露放下碗筷。"为什么？""不为什么。"陆露脑子里一片空白，渐渐的就混乱起来，她以控诉加威胁，大哭大闹了一场。后半夜，她哭累了，说了句："我同意离婚。"就疲乏地睡着了。第二天早晨，她一个激灵醒来，丈夫正坐在床边看着她。他说："我一直没睡。"她扭过头不看他也不说话。他又说："算了，不离了。"从这天起，他们在同一所房子里分居了，一年，两年，三年……第八年，他们终于离婚了。

八年里，陆露的丈夫公然地与另一个女人在一起，这正是那天晚上他对妻子提出离婚的真正理由。而陆露早就忘记这死亡的婚姻，也在寻找再嫁的机会。所以，当她有一天终于嫁给将军后，单位里的女同事嫉妒地传言：陆露还没离婚就到处托人找对象。

传言是传言，陆露认识将军，确是经人介绍的。他们在一家大酒店的咖啡座见的面。那时，陆露离婚两年了，而宋米莲去世也一年了。那个地方宽敞明亮，既清静幽雅，又符合两个人的身份。

陆露原以为做将军的都是粗人，没想到这一位将军，谈起来还挺有文化品位，还会两笔书画。人的外表比较威武，性格却还随和。他好像不太会照顾人，有过乡下老伴的人多半如此，陆露觉得无关大碍，重要的是，他是将军，一个城市里有几个将军？而他们当中，又有几个死了老婆？而一个城市里女人多得是，有几个能嫁得上将军呢？还有一点也很重要，那就是将军的孩子都大了，离开了家，可以避免朝夕相处带来的摩擦。

将军这边呢，对陆露是很满意的了。他知道这是一个与宋米莲完全不同的女人。她比将军年轻十多岁，虽然也四十多岁了，但仍很漂亮，很时髦。她在机关里有一份体面的工作，是独立的职业女人。她没有孩子，将一个人清清爽爽地迎进这个家，没有麻烦。所以，他很宠爱陆露。比较起来，宋米莲只是个不错的伴儿，他对她只有温情，而陆露，就像他喜欢的一个女儿，他就想宠着她。

所以，将军对陆露提出的三个要求并没觉得过分，全都照办了。

陆露的第一个要求是，将军的房子要全部重新装修，家具也要换新的。她对宋米莲这个陌生的女人当然没有什么成见，但她毕竟在这个家里存在过很多年，墙皮上和家具缝里都残存着她的气息，多少会妨碍她的幸福感觉。房子按照她的要求装修后，她又亲自挑选了家具，原来的家具都分发到将军的三个儿子家里去了，实在没人要的，就送到了旧货市场。这样，她住进来的时候，就只闻到一点油漆味和黏合剂味，不去想宋米莲这回事了。

宋米莲被消灭了，可她的三个儿子还实实在在地住在这个城市里，都在青壮年，还要活上半辈子呢。他们也是将军的儿子，还要时常回到这个家里来看望父亲，双休日要回来吃住。三个儿子加上三个媳妇，再加上三个孩子，可想家里要乱到什么程度，万一有谁搬弄个是非呢？陆露不知道与这几个比自己小不了多少的儿子怎样相处，所以，她提出了第二个要求，她要求这个家真正是两个人的空间，儿子们就不要上门了，将军可以随时去看他们。

将军的三个儿子居然真的不上门了，可能他们也不知道怎样与年轻的后妈相处吧，反正老爸会来看他们的，他们只要能看到老爸就行了，别的也就不计较了。

将军晋升中将的事宣布的那天，陆露提议到外面去吃饭。他们散步一样，走过一条街，走过许多让他们拿不定主意的小饭店，最后总算选了一家装修不错的坐下来。他们要了两个菜，一瓶红酒。颇有情调。这是两个人的空间才会有的。要是那些儿子掺和进来，事情立马就俗了。不过，陆露也知道，事后，将军的儿子们又找了一家饭店，也专门为将军庆贺了一番，那是他们的事了。

要保证两个人的空间，还有一件事也是必须要处理的，就是将军和宋米莲老家的那些动不动就跑来的亲戚朋友。当然，他们现在来得不是很频繁了，他们生活的路子宽了起来，心活了起来，基本都在忙自己的事。来找将军的，事情也还是五花八门，不过很有时代感，有人让将军给找个地方打工，有人要让将军帮忙推销他们村办企业生产的产品，有人要找合资项目。

这些人，无论是穿西装还是夹克衫，怎么说也是另一个空间的，带着那个空间的气息和烙印，无论陆露有多善良，还是接受不了，是不可能像宋米莲那样需要他们，欢迎他们的。所以她要求将军要学会拒绝。将军只好出钱让他们去住部队招待所，但要办的事，能帮的还是要帮的。

有一个秋天的傍晚，陆露下班刚进家门，正要喘口气，门铃响了，她从猫眼往外一看，不认识来人。她没有开门，就隔着门问来人有什么事，将军出差了。来人说他是将军的亲戚，要她开门，他要住下来等将军回来。陆露说：“我一个女人在家，你住进来不方便吧？你还是自己找地方去住吧。”说完，她去厨房给自己准备吃的，来人又执拗地按了两遍门铃，没人理，再也没有声息了。

也不能怪陆露狠心，她又不认识，谁知道他是不是真的是将军的亲戚呢？现在骗开门抢劫的那么多。但这乡下亲戚在没有指望的时候，也绝对有办法安排自己。

第三天，陆露上班在大院里碰上部队招待所的所长。所长说：“陆露，你就放心吧，将军的亲戚住在我这里，食宿我全免了。”而将军还不知道这些呢。陆露心想，谁说乡下人老实厚道？他们也有难缠的。

陆露就想起那个被消灭的女人宋米莲，那女人怎么受得了的呢？这些乡下人，不是把将军当作孙悟空了，就是当作国家总理了。有一天晚上，将军正在书房看报纸，有人打来电话，哇啦哇啦说了半天，将军也有些不耐烦了，说：“你真胡扯，这事我哪管得了！”那边说：“你不是将军吗？”“将军就能一手遮天吗？将军就能管得了所有的人，所有的事吗？”将军生气地放下了电话。原来，他的一个会开车的亲戚进城来办事，正从饭店吃完饭出来，车被后边的车堵住了，一看是军车，就打电话给将军，告诉将军那辆车的号码，让将军命令那辆车开走，给他让路。将军自言自语：“真是笑话。”他重新拿起报纸。陆露站在书房门口，伸头看看将军，调皮地笑笑，又缩回去了。

陆露成功地控制了这个家。

不管白天夜晚，将军的家里都是清幽的。一盆高大的橡皮树站在客厅的一角，强化了这个家的清雅劲，地板干净而空旷，映着窗影。夜晚，到处都静悄悄的，只有厨房里的冰箱在轻微地轰鸣，偶尔，饮水机会突然发出一阵咕咕噜噜的水响。将军再也闻不到宋米莲在世时家里的那种复杂的气味了，只有一种他永远也说不清的香气在萦绕，那是陆露洒在各屋窗帘上的香水味。

将军一个人在家的时候，看着这陌生的一切，走在空空荡荡的空气中，闻着淡淡的香气，恍如隔世。

于是，有事晚回的陆露，看见客厅里的吊灯开着，电视开着，而将军却待在书房里练书法。

“咦？你怎么不看还开着电视啊？”

陆露走到将军的身边，俯身看看他写的字，闻闻墨香。

“家里太静了，静得我以为要发生战争了。”

将军抬起毛笔，准备到陆露脸上画上一笔。陆露又是调皮地一笑，躲开了。

第二天，陆露带回一只宠物狗。她说：“球球，来见见你爸爸，他是个将军。”

将军说：“什么乱七八糟的，你快把它弄走，别让它糟蹋这个家。”

“我给它上了户口的，是咱们家的一员了。记住啊，它叫球球。”陆露坚决地留下了球球。

不过，外面没有人知道球球的爸爸是谁，知道球球的妈妈很漂亮，很时髦，但也不知道她叫什么名字。大家都是这样，每天傍晚牵着自家的宠物狗到一个指定地点遛弯儿，人们记住的是那些小狗的名字，什么卫卫，什么多多，却没有相互问过主人的名字，所以议论起来，也是说：“球球的妈妈怎么没来？”“卫卫今天是爸爸带出来的啊。”

但是，在家里，球球与将军也渐渐混熟了。起先将军几次说过要把球球送走，怕它带来传染病。可一说这话，球球就一连几天不吃饭，无精打采的样子，好可怜。将军就起了恻隐之心，起了怜爱，想想宋米莲在世时的热闹，不再说要把球球送走的话了。球球又欢乐起来，脖子上的铃铛响个不停。

这天晚上，陆露和将军吵架了。陆露一方面是撒娇，一方面也是霸气惯了，冲着将军一气喊叫。球球颠儿颠儿地跑到她脚边，仰起围满长毛的脖子，一阵狂吠。“哟，你在替爸爸说话，真没良心，去。”陆露坐在沙发的一头，不理它。

将军坐在沙发的另一头。

他们谁也不理谁。

球球在他们中间的地板上坐了一会儿，就站起来。它颠儿颠儿的跑到将军腿边，伸出爪子拉拉他的裤腿。将军不动。它又颠儿颠儿的跑到陆露的腿边，伸出爪子拉拉她的裤腿。陆露也不动。球球并不泄气，圆滚滚的身体真像一个球，一会跑向将军，一会儿跑向陆露。两人终于忍不住为球球笑起来。球球像完成了一件了不起的任务一样，很骄傲，也很不好意思，又颠儿颠儿地跑到将军和陆露的卧室去了。

将军的家里回荡着清脆的铃声。

可以肯定，这是将军晚年家里最主要的声音了。当然，最主要的气味，就是窗帘上散发出来的香水味了。

将军动不动就恍惚起来，以为自己在梦中。

第二辑

人民的墙

假　发

第一次化疗，银景就看到了脱发的丑陋，残酷。

不过，那还不是她的秀发，是邻床退休女教师朴素的短发。它们瞬间变得锐利，纷纷披披，针尖一样划过她的心。

女教师是第三次了，丈夫去台湾旅游了，请了个护工陪她。大家都是躺着输液，可是输液结束起来的时候，她的枕上一层头发，仿佛一地松针，护工一根根地捡了半天。第二天，护工在枕上给她铺了一张报纸，是外面的人进病房发的医疗广告。输液完毕，护工将报纸小心地卷起，折叠，揉成一团，送到卫生间的垃圾箱了。

到银景第三次化疗时，没有再遇到女教师，不知她怎么样了。银景也开始脱发了，不过，可能年轻些的缘故，没有那么厉害，只是比平时梳头洗头时多掉了一些。手术前，她一头长发，乌黑，40岁了还找不到一根白的，头发弹性也好，搁地雷战那会儿，扯一根去拴地雷都没有问题，国庆节放假，她又到发廊烫了大卷儿，花了大几百呢。可是一个星期后，她突然想起，单位两年没组织查体了，组织上不关心女工健康，不妨自己爱护一下自己吧，她不知为什么忽然看重了自己，不想在医疗水平可疑的小城医院敷衍自己，而是坐了一夜的火车，跑到省城医院做了全面检查。结果被告知患有乳腺癌。医生也不顾及她的感受，就是这样明明白白告诉她的。幸好是早期的，可以保乳手术。全国人民都知道，医疗和教育，北京是最好的，丈夫就陪她来了北京，全程在此治疗。术后恢复的时候，姐姐也赶来照顾她。因为腋下的淋巴做了清理，她的手臂抬不起来，姐姐每天要给她梳头，就像小时候那样。姐姐将她的长发在脑后从头顶编起，一层层往辫子上加头发，编到颈窝下扎起来，使她的头从后面看去，像繁复的花朵一样，病房里的人都说好看。出院后，她和丈夫在潘家园一带租了房子，等待化疗。姐姐回去上班了。她找到一家发廊，将长发齐肩剪了，以便化疗后好打理脱发。做了充分的预见和心理准备，脱发下来，还是让她心惊心痛。也是枕头上一片，洗头水里一捞一大把。到第六次也就是最后一次化疗结束，冬天过了，春天将临，她的头发，长些的都掉完了，剩下短的，毛毛地稀疏地竖着，灰蒙蒙的，照顾她的丈夫要回小城上班，姐姐请了假来接替。姐姐一进门吓了一跳，不敢多往她的头上看。吃完饭，姐姐淡淡地说："去把头发剪掉吧。"她们先到附近的商场挑选了一个假发，也是短的，然后才去了发廊，一会儿的工夫，她就成了光头。没想到，还挺好看的，可这好看一点用也没有，她不能这样光头示人，这世界，除了尼姑，只有男人有权光着头。头上立刻冷飕飕的，她赶快带上了假发套，跟她剪去长发后的发型差不多，还不难看。

银景没怎么难受。出院住进租居后，她曾大哭过一场，原因是丈夫带她去游了颐和园回来，不给她买吃的。丈夫不是对她不好，手术后切片化验结果出来，他还哭得很伤心呢。他就是那么个人。他陪她去医院检查的时候，就站在门外等着，就像这事与他无关似的。大夫问："你老公没来吗？"她说来了。"叫他进来呀。"大夫告诉他，老婆的乳房，在和不在是不一样的，让他好好考虑考虑。大夫不只是大夫，还是男人，大夫的提醒当然重要，所以他说保乳治疗。手术后，他老老实实看顾着吊瓶，是病人家属中表现最好的，坐在床边寸步不离，可仍是没看住，药液要没了也不知道，还是别人的丈夫发现的。化疗期间，她自己发现瓶里有个异物，是扎针时带进的瓶塞上的碎屑，也是叫他看他才知道，才叫来护士拿粗针管吸了出去。丈夫就是这样一个人。当然也就不知道给需要安慰的她买点吃的。她自己知道，这只是她哭的借口，她其实是想孩子，孩子有爷爷奶奶管，每天都通一次电话，可她是第一次这么久没见到孩子。她也想自己的生命，那么多的人，为什么偏偏是自己？至少在她的单位，在单位那个系统，她是唯一一个患这种病的。住院的时候，她见病房的女人们都乐呵呵的，她知道，她们肯定是前所未有地快乐，因为以前她们不知道要快乐，或者以为来日方长，没想到要抓紧时间快乐。于是，她也乐呵呵的。姐姐是在家里哭够了才来的，绷着劲儿，做着快乐的样子照顾她，没有影响到她的情绪。出院后，离开了那些努力做出快乐模样的女人们，因为丈夫的疏忽，她的貌似坚强的神经瓦解了，那一场滂沱的大哭，就像一场总结，一个阶段结束，另一个阶段开始了。

她变得皮实了。

回到住处，姐姐忙着做饭。姐姐每天都要熬猪蹄汤，加上牛蒡，要使她急剧下降的白血球，尽快上升到正常指标，去抗击下一次化疗毒液的侵蚀，这回的下一次，是放疗，是无情射线的摧残。不知她的身体会做出何种反应，化疗时倒是没有遭太多的罪，因为她的病是早期的，医生下的药，剂量轻，她记得当初病房里有个三十多岁的女人，就歪在床边，抱着个电饭锅哇哇吐。后来，她没有再遇到她。她人还在吗？头发肯定是没有了。

银景坐在床上，准备念大悲咒。一切科学的玄学的方法，只要听说能治病，她都肯尝试。手机响起了木鱼声，是短信来了。是保定的袁姐。袁姐问："你该做放疗了吧？"她回复："明天开始。"袁姐的情况稍严重，乳房全切了，淋巴扩散率低于五，只做了化疗，就不用做放疗了。她想如果不是刻意跑一趟，是再也见不到袁姐了。袁姐是邀请过她的，化疗的半个月的间隙里，可以去她家住着。她怕跑来跑去感染病毒，或是感冒了影响化疗进度，谢绝了。袁姐又问："我的头发都掉完了，你剃头没有？"前一阵子，袁姐电话里还说，她硬挺着不梳头，可是没有用啊，真的没有办法啊。她回复："今天剃了，开始戴假发。""怎么样，戴着舒服吗？我也得去买个假发了。""还行吧，现在天还冷，能带得住。"其实，她也有点不习惯呢，总觉得头皮痒痒的，不像顶着自己的头发那样天衣无缝，那般妥帖。

银景想问问袁姐，老公对她怎么样了，犹豫了一下，打消了念头，不想惹袁姐伤感了。那男人只在袁姐手术的时候来过一次，再也没影了，是女儿来照顾她，她心情不好，一边挑剔女儿，一边骂男人。有一次她给老公打电话，听见男人在那边打麻将，她很生气。回去后，那男人做过一次饭，好好的泰国香米，让他煮得邦邦硬，都可以当钉子钉进木板里去。想到此，银景发出最后一条短信给袁姐："多保重！"

吃饭的时候，银景的手机又来一条短信，是单位同事发来的，她念给姐姐听："告诉你一个好消息和一个坏消息，坏消息是老段的弟弟因肝病没啦，享年不大；好消息是老徐的母亲八十大寿，在旋转餐厅请客。"

姐妹俩一起哧哧地笑了一阵。姐姐说："你们这个同事太有才了。"一个很无常很伤怀的话题，因为这样的表述，淡化了她们感慨的欲望。

看完电视睡觉，银景摘下了假发。可是夜里，她醒了，光头飕飕地凉，她找了毛线帽子戴上，接着睡下。

去医院的路程要一个小时呢。

银景戴着假发，戴着帽子，戴着口罩。还好，她的放疗安排在下午，路上可以避开交通高峰，免得姐姐像陪她去化疗时那样，去求人给她让一个座位。当初租房子，人生地不熟，丈夫整天就知道死守在床边，不知道出去找找，还是跟着老公来北京打工的堂妹，找中介租到了这个房子。远也就这样了。想到这点，她便想起堂妹那个爆炸式的发型，头发染得黄黄的。堂妹原来是漆黑的直发，人也本分，来北京发生了令人惊诧的变化，头发还只是一个方面。来北京的人都会变化的，有意味的是，堂妹的头发变成了抱窝鸡，显得更多，而她的头发，还有那些病友的头发，都变没了。

地铁携着地下的回声，轰隆隆地跑。车厢里暖融融的，可银景还是捂得跟在街上步行时一样，别人就只能看到她一双眼睛，感觉不到她更多的信息，对她也就无从猜想。她坐在那里，目无定向，这里瞟一眼，那里瞧一下。可看在眼里的，却都是人们的头发。车厢里的女人们，不管多大年纪，多数都烫了头发，年轻人有年轻人的烫法，岁数大的有岁数大的烫法，特别是中年女人，烫一下头发，别有一番风姿呢。她想，烫发又开始盛行了，女人们是如此地讲究，这一步，她是跟不上了。地铁在金台夕照站停下，她眼睛盯在一个个头高挑的女人的背影上，那背影因灼灼的烫发显得风姿绰约，她直看着她消失在站台上，消失在茫茫人群和未知的生活中。然后，她想，这地方为什么叫作金台夕照呢？名字实在好，很有古诗的意境。

手机在她的大衣口袋里震动，她急忙掏出来，把口罩拉下来。姐姐一直站在她旁边，看着她的嘴。她说："我坐地铁，我排在三点钟。你是自己开车去吗？好，到时见。"收起手机，银景对姐姐说："是黄香。她也去医院，问我是几点，到时好碰在一起。"银景重新戴上口罩。

"哦，"姐姐说，"黄香，挺有意思的一个人，不像个病人。"

银景手术时，同一病房的那些人，同期手术的，除了保定的袁姐，还有一个七十多岁的老太太房阿姨，一个姓于的事多的女人，再就是黄香。黄香跟她处得最好，成了朋友。因为她俩同龄，两人的老公也同龄。黄香是北京人，跟老公开了个公司，经营油漆，可乳腺出了大事，孩子还没有生过呢，她看上去并不为此遗憾。手术后，她老公只第一个晚上在病房陪她，第二天起一直请的是护工，他再也没有来过。店里的生意忙，他脱不开身，累得头晕，到附近医院一查，是高血压，他打电话给黄香说："有病的人都知道保养，没准我还死在你前面呢。"黄香把这事告诉银景的时候，银景也告诉黄香，有一天她的化验结果出来了，只有一项不合格，其余指标都不错，丈夫看着化验单说："我不见得能活过你。"两个女人哈哈大笑。她们治疗的第一个阶段结束后，黄香和丈夫还请了银景和丈夫吃饭呢。

银景对姐姐说："黄香没把自己当病人，出院回去，照样去店里卖油漆。"

"钱重要，还是命重要？她就不怕油漆中毒？"姐姐说。

"你觉得命重要，对做生意的人来说，钱重要，没有钱怎么治病啊？"

姐姐没再接话，若要说下去，就是没有命怎么挣钱，然后是，没钱怎么买命，有钱也买不来命，一直纠结下去。

那些人里，袁姐是不必做放疗了，少遭一个疗程的罪，其余的人都是要来的。银景想只要见到黄香就可以了，看看她戴了什么样的假发，是不是也胖得不敢认了？她们这些人为了白血球，拼命地吃高营养的东西，个个都吹了气一般了。黄香还说，放疗结束，要开车送她和姐姐回家呢。至于房阿姨，年纪大了，平日里没有联系，银景并不惦念，而那个姓于的女人，是大家都讨厌的人，一点小事就不依不饶地叽叽咕咕，给她个草筐她就会成为一只碰不得的孵蛋鸡，谁会想起她呢。

偏偏，姐姐却想起了她。姐姐说："今天会碰上姓于的那女的吧，她又得抢着提前做吧？"

"抢呗，反正时间不长，就那么几分钟。"银景的话被口罩捂着，闷闷的。

她们身边的乘客，用不解的目光瞥一眼，又若无其事地移开了。姐妹俩的话，只有她们自己明白，在公众场合，她们不愿意把这种隐私性质的事，谈论得那么具体，也没有再说下去，因为一个站着，一个坐着，说话也不方便，车轮隆隆地响，车厢里也很吵闹。但她们都会想起那女人的令人讨厌的样子。

其实，姓于的女人长得不难看，个头高挑，就是太多事、太自私了，病房里的人都不喜欢她。听说她在这医院里有个同学，所以她就有了特权似的，有一点仗势的意思。无论是做检查还是打针，都要抢先，有一次，袁姐从保定赶来化疗，跟医生说好了，要赶火车回去，先给她打上，半小时后，姓于的女人来了，对医生说："先给我打上，我一会儿要坐飞机。"这女人家在西安。袁姐当然不愿意，这女人就去找了同学。更早的时候，姓于的女人术后打吊瓶时，不知怎么回流了，副主治医生没解决好，她就跟主治医生告状，主治医生当着患者们的面训斥副手："我不是告诉你们多次了吗？这种情况，把管儿一折就好了。”弄得副主治医生满面羞红。第二天，主治医生来查房，她又告了一遍状，患者们都向她投去厌恶的目光。

这些同期手术的人，化疗的时候又会碰在一起，有的还会在一个病房，有的不在一起，但也都是在一个病区，总会遇到的，大家会亲热地到对方的房间，互相探望聊天，交流吃什么补白血球，交流“五行汤”的做法，互相探问脱发的程度，诉说内心的感受。但银景是没有问过姓于的女人任何事情的，她知道，黄香也没问过，袁姐更不会搭理她。银景上一次化疗，因为白血球指数不达标，推迟了几天，所以没遇到姓于的女人，猜想她的头发定是一根不剩了，无论怎样，这一劫数，她也是逃不脱的。银景甚至想不起来她手术住院期间是什么样的发型了。

等一会儿放疗的时候，这些人定会又碰面的，银景不禁想到，这也是一种缘分呢，大家因为生病知道了对方的存在，因为治病，反复相遇，离开医院后，反而远离甚至再无相见的可能了。有的人会死去，活着的，会在闲聊中彼此提起几次，然后就互相遗忘了。所以，如果一会儿能见到姓于的女人，也大可不必计较什么吧。

地铁的快和呼啸的声音，让人想到风驰电掣这个词。一会儿一站，一会儿一站，那么多的门打开，一拨人涌出去，又一拨人涌进来。那么多的人头，黑的白的灰的头发，当然黑的居多。银景从未想过，会在自己失去头发的时候，看见这么多的头发。

在团结湖站，一个灰发老太婆，拄着拐杖上了地铁，她有六十多岁？黑而松的面皮，黑而脏的手，身上斜背了一个灰布袋，左手攥着几张一元的脏票，躬着身体，一路晃着，将那只手伸到乘客的面前。很多人不动也没有表情，有人嫌恶地躲开。银景和姐姐都给了她一元钱。其实，在化疗期间，姐妹俩也是几次在地铁上见过这老太婆的，每次都给她一元钱。姐姐说，她以前听说乞丐都有钱，只是把乞讨作为职业，所以见了他们不愿给他们同情，后来想明白了，布施一元钱，不会影响我们的生活，但我们的慈悲心不可丢掉。如果对方是骗子，自有因果的惩罚，如果对方真的需要帮助，我们也算尽了一分善心。所以，银景生病后，遇到乞讨的，从不拒绝。

老太婆对姐妹俩点头哈腰，以示谢意，然后又蹒跚着走向别的乘客，将那只手执着地伸着，好像她天生就长成了那样子，无法缩回去。姐姐收回目光说："这老太太体力真好。"银景理解姐姐，姐姐因为来照顾她，已经很疲惫了。银景想的却是，老太婆这样凄凉的晚景，也并非一无所有，她有真实的仍然覆盖着整个头颅的头发！

医院门诊的放射科，里面正有人在治疗。陆续的，又有人来，都在外面的大厅里等候。大厅里暖气充足，银景不再严实地捂着了。大厅里还有几排黑皮革质地的长椅，一面墙上挂着一个大屏幕的电视机。几个排号的人正在看着电视剧，名叫《活着真好》，是一部与乳腺癌有关的剧，而有个中年女人走过去，武断地把频道换了，出来的电视剧是《北风那个吹》。"看点高兴的不行吗？"她大声背起了台词："我叫牛鲜花，是县革委会的主任。"病人们都笑起来。中年女人在姐妹俩身边坐下来。银景问她是干什么工作的，她说是搞心理学的。

病人与病人之间是喜欢沟通的，那女人却醉心于电视剧，没有再说下去。银景站起来，想看看黄香来了没有，却发现一个六七岁的光头小男孩，跪在椅子上，眼睛盯着电视。大概是白血病吧，银景没忍心问孩子的母亲。这时，放射治疗室的门开了，出来一个老头儿，一个中年男人，大概是儿子吧，上去扶着老人。老人边走边做着呕吐状，他喘息着说："一做放疗就吐，吃东西也吐，这是最后一次了，我再也不来做了，我要回家等死。"长椅上的人们看着老人往卫生间去了，一时都很安静。

银景又在姐姐身边坐下来，听门口的大夫叫到"马小乐"这个名字，她扭头看到一个老头站起来，奔放疗室去了。"听名字，我还以为是个小伙子呢。"银景说。姐姐噗地一笑。医院这地方，什么稀奇古怪的名字都有，化疗期间，银景在一个病室门口的病人标牌上，看到一个名字叫作陈日巴哈拉，也是个老头儿，是藏族。医院里，奇怪的病多，还是奇怪的人名多呢？

一个绝没有三十岁的女人挨着银景坐下来，她对银景微笑一下。银景用询问的目光看着她，在自己的胸部比划了一下。她之所以做这样无声的询问，是因为多数的女人都是因此而来，因为在病房亲眼所见，年轻的二十几岁，老的八十多岁，都不能幸免。年轻女人摇头，很愿意说起自己。原来，她只有28岁，有那么几天，她睡觉醒来觉得后背疼，做医生的父亲让她去医院检查，结果是肺癌，当时她已怀孕六个月，但她坚持把孩子生下来，现在孩子两岁了，她的癌转移到了骨头和头部，这次来是做头部的放疗。

姐妹俩表情越来越凝重，最后对视一眼，都轻叹了一声。如果你觉得自己不幸，在医院这地方，你总能见到比自己更加不幸的人。

“银景！”一个长发女郎站在姐妹俩面前，笑吟吟地看着银景。

银景愣了一下，才跳起来。“是你呀，黄香，我认不出来了，你的假发是长的。”

黄香的假发是黄色的，在额上还有一排厚厚的流海，显得她比以前年轻多了，像个姑娘。黄香说：“以前忙生意，没时间打理头发，一直梳短发，这回就买个长发，换换形象。”

“这形象挺好的，让你青春焕发了。”姐姐也站了起来。

黄香对姐姐点下头，仍是对银景说：“你的假发也不错嘛，像真的一样，不过你应该买个带点颜色的，黑的不觉得沉闷吗？”

“我皮肤不像你那么白，还是黑头发保险。”银景说。

姐姐却忙着打探：“黄香，你的白血球是多少？”

“很高，六千多呢。”

“吃什么补上的？”姐姐不似银景那样关心假发，她关心的是升白血球指数的方法，以便更好地完成照顾病人的艰巨任务。

“我有个朋友是养鱼的，前些日子不养了，把鱼卖了，把水放了，发现塘底有个甲鱼，两斤半重，就送给了我。我在家养了两天，甲鱼瘦了，变成了两斤，我怕它再瘦下去，就让老爸杀了，给我做了甲鱼汤。我没吃增白血球的药，可能甲鱼汤起了作用。”

姐姐便对银景说：“那我也给你买甲鱼做汤吧。”

银景对黄香说：“你什么都吃啊。”

“我现在想吃什么就吃什么，什么辣的咸的，什么烧烤，想吃就吃，我还能活几年呀，不能白活一回。”

黄香笑着拉起银景，到一边聊去了。姐姐就独自坐下，看着电视，电视上有什么，她就跟着看什么。在这地方，病人是一个紧密的团体，无意、无声地排斥着健康的人，每次姐姐试图加入她们的闲聊，都会被挤出来，姐姐也就淡然处之。

银景正跟黄香说保定的袁姐呢，就见黄香望着前面的眼睛直了。银景扭头看去，见一个高挑的女人，披着一头过肩的中长卷发，大衣搭在胳膊上，手里还拿着毛线帽子，傲气地走来。半天，银景说：“那不是姓于的女的吗？”黄香轻声说道：“是她，她的假发可真漂亮。”银景再一细看，姓于的女人，假发是棕色的，夹着挑染的黄色，让人心里一亮。

可这么漂亮的假发，偏偏戴在她们不喜欢的女人头上，让她们心里有点不舒服。可毕竟一个病房待过，见到了，还是得招呼一声。再要多说下去，就只好说说她的假发了，不然说什么呢？银景和黄香都客气地说一声：“来了？”“来了，你们来得早啊。”银景还想夸夸她的假发呢，姓于的女人，眼神只从她们头上一掠而过，说了声：“我要赶飞机，我得在你们前面做放疗，你们别有意见啊。”她向医生办公室走去，走“后门”去了。

银景想说的话卡在喉咙里。黄香哼了一声：“还是那个德性！”

她们继续说保定的袁姐，猜测袁姐的假发会是什么样子。

过了一会儿，房阿姨来了。她戴了一顶灰色浅口的毛线帽子，却并不严实，只是扣在脑顶上。这老太太给人的印象是干净，很注重仪表穿戴。手术治疗期间，有一次，银景说：“听说老年人不得乳腺癌，怎么有个病房，一个八十多岁的老太太还得了呢？”房阿姨就问：“她是保乳还是全切？”银景想当然地说：“都八十多岁了，还保什么乳？”“那不一定，我都七十二了，还是保乳治疗呢。”银景尴尬，知道自己说错话了。化疗期间，又知道，这老太太的老伴七十九岁了，有一个儿子在澳大利亚，她去住过一阵子，跟儿媳合不来，又回到北京。这次治病，她要求用进口药治疗，她老伴儿不高兴。她说：“我不管，想干什么就干什么，这药要连续吃五年，我还能不能活上五年啊？”她吃的进口药两千五百元一盒，而国产的才六百元一盒。

房阿姨在长椅上坐下，银景和黄香跟她打招呼，她点点头。这时，她才把羽绒服的扣子解开，但帽子并没有摘下。也许是年龄的原因，共同话题少，银景和黄香没有走过去跟她聊两句，仍是聊她们自己的。她们说，袁姐这回不用为白头发多烦恼了，假发可没有白的。

这时，那个二十八岁的女人也凑过来，问黄香的假发在哪买的，她也想换个长发，她说：“我还不知活几天，这辈子梳长发的时候太短了。”黄香问：“你是北京人吗？”她点点头，于是黄香详细地告诉了她卖这种假发的地方。

陆续的又来了一些病人，又有几个不认识的女人加入进来，讨论假发。姓于的女人从医生办公室出来，去放疗室兜了一下，可能虽然走了后门，也还不能立刻轮到她，她就站在这些人的圈子边缘，靠在走廊的墙壁上，用手捋了几下自己的假发。但是银景和黄香就是不说她的假发。银景悄声问黄香：“她的假发是在哪买的？真的很漂亮。”黄香瞥一眼姓于的女人，对银景说：“等我开车在北京转转，找找，找到了给你也买一个。”银景又向那边瞥一眼，不过目光是从那女人头上的铝合金框上掠过的，那框里镶着的，是一张电脑打印的放疗后饮食知识。

女人们热烈地谈论着谁的假发漂亮，谁的假发像真的，有时还“哄”

地发出一阵大笑。

房阿姨受了感染，不知什么时候也凑过来，她摘下帽子问道：“你们看，我的头发是不是假发？”

银景摇头说不是，黄香也说不是。其实她们早就看出来，房阿姨戴的也是假发，四周没有细小的真发露出来，后边脖颈处还露着青头皮。这把年纪了，经过化疗走到放疗这一步，真头发怎么可能还存在？

房阿姨得意地晃晃头：“我的也是假发！”

女人们又发出一片笑声。

这时候，那个喜欢看《北风那个吹》的女人从放疗室出来，大夫站在门口喊：“于红！”

姓于的女人本来也在跟着大家一起笑呢，听到喊声，猛地刹住，一个急转身，奔放疗室去了，可她的头一下子秃了，青脑壳往前冲了几步才感觉不妙，回头一看，她漂亮的假发，在走廊墙壁上那个铝合金框的左下角停顿悠荡了一下，掉在地上。堆在水磨石地面上的假发，很丑，很奇怪。

更强大的笑声，突然地，整齐地爆发出来。

于红呆了几秒钟，绝望的眼神瞥一眼大家，瞬间羞红了脸。她疾步返回。银景赶忙奔过去，将假发捡起来，表情郑重地双手递给她。于红接了假发捂在头上，匆匆向放疗室跑去。零星的残余的笑声，在她的脚步声中消失。

一时，大厅里安静下来。

姐姐感到了异样，转过头来看大家，眼圈里竟闪着泪光。她一直坐在那里看电视剧，看得入了戏。银景去看电视屏幕，电视剧不知何时被人换成了《活着真好》。

人民的墙

疯子张番薯，手握一卷白纸筒，向一片废墟走去。

那废墟，整体上一大片，表明那里原本是个不小的村庄。局部看，又是一撮一撮的，单个独立的，有的还残立着半截墙壁，门窗呢，套子没了，形状还在；有的只剩下凹凸不齐的地基，像某种动物不齐的牙齿，试图去咬不知有多高的天幕，碎砖瓦块在周围散着，像这动物咀嚼时洒落的饲料。某处墙角会像一个黑洞，吸了多少的光，也出不来一丝光明；某一处，又闪露着几点白，像残留的冰雪，反射着夺目的光芒，一望便知，是谁家旧屋的瓷砖，因为现在是春天，冰雪再多情，也没有留恋的份儿。

这一带，一面是海，另一面当然是陆地。海早已不是人民的海，被养殖者承包了。陆地上，打明朝的时候，人民就住在这里，自由地出海打鱼，不出海的时候就种地，一代赶着一代过下来，生活不能说没有变化，却并不翻天，也不覆地。现在，21世纪一十年代，人民的旧屋变成了片片废墟，满是怀旧却又渴望改变的矛盾神色。

张番薯在最高大的一座废墟前站住，目光直直地，望着那面残墙，望着另一个时代。返青的野草打扮着它。残墙比它完整时另有一种美。

太阳不高，暖黄的光线射在残墙上，那由青石块组合起的墙壁，辉煌的，像一幅巨大的油画矗立着。墙是一座老建筑的正脸儿，中间高，两边低，高上去的尖顶，嵌着一颗五角星，看不出一点红颜色了，挑着白云。两边渐次低下去的，是各两个立方垛子。远看，这墙有教堂的美意。这曾经的建筑，屋顶没了，后墙没了，两侧的墙倒下去一半，豁牙露齿的，一派荒凉。剩下这门脸儿，以大门为中心，一楼两边各有三个窗口，二楼两面各有两个窗口，窗口是空的，窗套还在，蓝色的油漆隐约可见。当然，油漆是张番薯早年的印象。现在，他只能看见，那些窗口，把辽阔的蓝天分成一块块的，窗口内的天空，就更深更蓝了，瞟上一眼，心里就掠过一阵战栗。一层与二层之间，是大门的顶部，横着一块灰色的水泥材质的匾，上书：人民公社。谁都认得，那是二十世纪的伟人毛泽东的笔体。而大门也是空的，只剩下门顶的横框，张番薯将一根缆绳的两端，牢牢拴在门框顶部，绳子形成一个U形，成了他孙子的秋千。

作为疯子的张番薯，其实也没疯得有多严重，还能写诗，一直在写，正应了人们常说的那句话：诗人都是疯子。可那些诗人疯子，更多的是从个性上说的，张番薯的疯是有所不同的，更具实质性。你说他清醒，他又糊涂；你说他糊涂，他又清醒。他在残墙上一排白纸的最后一张那里站定，把手里的白纸筒展开，从口袋里掏出胶水，小心地涂在四角，然后端端正正把那张纸贴到墙上，又倒退两步，用打量的目光，看着自己的手迹。

一辆小汽车轰地停在几米远的土路上，钻出一个戴鸭舌帽发福严重的男人。张番薯回头望一眼。“老牟？你一冬天都没来看我。”

“我这不是来了嘛。我本来今天有事，想过几天再来你塘上钓鱼……”

老牟突然打住话，犹豫一下，迈开脚步。他是张番薯最好的朋友，是早年在村里一起玩的伙伴，后来去城里上班，去年退了休，开始钓鱼了。他一边往这边走着，一边说：“老张，你什么时候能忘了这堵破墙啊，这都是历史了，早晚要没的。”

张番薯黑瘦的脸，向两边拉开，皱纹加深。“我写了新诗。”他伸出一只手的食指向墙上指着。

老牟凑上去，看着那张刺眼的白纸说：“这诗你要写到什么时候啊，还指望铁花会来看你的诗吗？跟你说了，她在外地有自己的家，大概也有孙子啦，她永远也不会到这儿来。你就歇歇吧。”

张番薯神色黯然。“铁花是我的女人，我等她。”

“唉！”老牟念着墙上的诗句：“我们的狗都牵在手里，狗的声音不在田野里嘹亮，在楼道里格外凄凉。”又叹一声：“你呀！快跟我上车，我要到你儿子的鱼塘钓鱼，今天中午咱老哥俩好好喝一顿。”

张番薯疯了一些年后，一天，一个外村的疯女人被绑在自行车上，驮来嫁给了他。人们告诉他，这就是铁花，可他知道不是。可他和她生活了下去，还生了一个儿子。可没多久，那疯女人跑了，再也没找到，他便再也没有女人。如今，那儿子顺利长大，精神正常，娶妻生子，还承包了一个鱼塘，还在塘上建了一个大木屋，开了小饭店。鱼塘是由海叉子拦截成的，所以饭店叫作海上餐厅。他跟他们生活在一起，给他们打杂。

“天暖和了，钓鱼的都来了。”张番薯咧嘴笑笑。

老牟怜悯的目光，扫过张番薯的脸，摇摇头，拉着他的胳膊往车边走去，生怕这疯子赖在这儿里似的。

鱼塘上，狭长的木桥连着陆地和海上餐厅。木桥上，老牟开始整理渔具，张番薯来回走动着，横向密排的窄木条吱吱响。两只海鸥，在鱼塘上空悠旋着，一圈，两圈，之后，翩翩斜过，飞去了人民公社墙。张番薯的目光逐去，鸟儿般栖在五角星上，海鸥则去了海上。海鸥给他的目光让地方。他的目光却俯冲下来，在门两边的墙上，寻找他的诗歌。因为他的诗歌一向是写在洁白的纸上的，所以，那些白花花的地方，都是他的诗歌。那是他一个人的诗刊，表明一个高贵圣洁的精神世界最顽强的存在。

老牟抬头瞟一眼这疯子，顺着他的目光看向对面那片废墟，心里震颤了一下。那废墟是疯子的弟弟张番茄的手笔，在春日的阳光下，蔫着，让他心里空落落的。作为村庄和张番薯命运变迁的知情者，如烟往事又在他心里掠过。

张番茄是张番薯最小的弟弟，他们年龄相差8岁，在20世纪七十年代，他们的观念并不以年龄的差距而有差别。他们都曾虔诚地学过雷锋，响应学校的号召，认真地去做好人好事，先后去五保户家擦过玻璃，去人民公社的院子清扫过落叶。在全国人民都学着小靳庄人的样子做诗的时候，他们年轻的身体都分泌了满腔的热情，写了大量的诗歌，歌颂工业农业，歌颂教育革命，歌颂国内大好形势。

有所不同的是，张番薯对诗歌比弟弟表现得更狂热，也更有成就，在十八九岁的好年纪，被抽到人民公社去当过通讯员。他是公社大院里最高产的诗人，他的诗歌都是作为范本贴在院子里的宣传栏上。有人偷走了他的诗，他喜滋滋的。要是有人偷了他家的花生或地瓜，他肯定要气得不行。更让他喜的是，公社里最有名的铁姑娘看上了他，经常站在宣传栏那看他的诗。姑娘叫铁花，革命觉悟很高，每次跟他见面，都问他看社论了没有。

可是没多久，公社散了，人事更迭，张番薯被辞退回家，种地，打鱼。要命的是，铁姑娘没跟他来，铁花忽然嫁了一个公社小干部，随着丈夫的调转，搬到外地去了。这两个打击，让张番薯变得跟过去不一样了，跟别人也不一样了。他说话跳跃性很大，有时又没头没脑，跟人接触的时候总是显得心神不定。过了很长一段时间，人们才确认，他是疯了。最显著的特征是，他仍是不合时宜地写诗，小靳庄的人早都不写了，他仍在写。不过，写诗是一件多么美好的事情，平衡了他劳作的辛苦和低贱的生活。写诗的习惯不变，诗歌的内容要变，那些歌颂文化革命和人民公社好的打油诗，拿不出手了，小靳庄的诗不再是榜样，顾城、舒婷才是榜样，他写起了朦胧诗，报纸杂志到处投稿，可没有一首诗发表出来。他仍是贴到那个宣传栏去，希望铁花能看到。

而他的弟弟张番茄，对诗这回事早就没有热情了，他的才华表现在经商，初中一毕业，他就走出了村庄，到城里去练摊儿了。然后，他成为一个城里人，经过一些年的原始资本积累，财富的雪球越滚越大，而财富又支撑起他的胆量，他的气魄。谁也没有想到，张番茄竟成长为一个地产开发商。他和哥哥的观念也出现了分歧。

不远处的那座城市，原本不大，多少个世代都被叫作小城，最近三十年，它像一个充满欲望的怪物，到处长满盛着欲望汁液的瘤子，四处疯狂地扩散，吞吃了种粮食的土地、宁静安详的乡村和多少人不愿舍弃的家园。然后，有一天，张番茄带着巨款回到村里，声称要改善村民的生存环境。村里的人，多数的，倒也欢天喜地，拿了补偿金离去，或者暂居别处，等待以房换房，住进崭新方便的楼房里去，管它是不是水泥壳子。

拆迁的那些日子，没遇到钉子户，可遇到了张番薯这个大麻烦。当村民的房子都拆完了，要拆人民公社的老房子时，兄弟俩大吵了一架。那房子在人民公社时代结束后，是乡政府的办公地，乡与乡合并时，有一阵子空了，再后来是兄弟俩所在村庄村委会的办公地，村与村合并时，房子又空了。那房子成了一段历史，像一个红颜老去的女人，只能让人回想，没有人去碰触了。没了院落，没了宣传栏，房子在残破下去。张番薯有天突发奇想，把自己的诗歌贴到那残破的墙上，老墙一下子泛起耀眼的光辉。旧的贴完了，写新的。渐渐的，有人会转到这里来玩，会围着那所房子看一会儿，像在研究文物。人们也会停下来，看看张番薯的诗歌，发出不明其意的浅笑。

那天，张番薯挡在人民公社遗址的大门前，不让拆，他说这房子是文物，应该保留。张番茄的脸白胖的，鲜红的嘴唇撇一下说："你以为这是巴黎公社墙吗？"

张番薯生气了，"这是人民的墙！"他的脸一直是黑瘦的，此刻眉毛立了起来。

他们的辩论越来越激烈，不管是黑脸还是白脸，都皱出粗暴的表情，眼睛里放出敌意的光。关于精神，关于物质，他们各执一词，谁也驳不倒谁。到头来，精神之虚幻和标准的模糊，抵不过物质的实在和紧迫，张番薯心里憋着怒火，脸上开始发抖，而在局面涌动着火药味和硝烟的时候，张番茄的工人们，已经将人民公社遗址的后墙扒开，随着一声轰响，烟尘弥漫，淹没了争吵，张番薯不停地咳嗽起来。之后，他大叫一声，满地捡拾砖头，疯狂地砸出去，砸昏了一个工人。

结局是，张番薯被弟弟和工人绑了起来，关进家里的一间屋子。念及手足情，弟弟没舍得送他进精神病院，而是找大夫给哥哥开了些镇静药，看着他吃下。

当然，墙是没有再拆了，没拆完，也并不是张番薯的反对有效，是经济危机来了，张番茄的工程停摆了。

不久，张番薯的精神状况好转，张番茄帮哥哥的儿子转包了这个鱼塘，让他来帮忙，他住进看鱼塘的小木屋。于是，他可以经常望着人民公社的残址。一有闲时，他就站在池塘的木桥上看过去，一面是涨潮的海水般越来越近的城市，一面是那堵人民公社残破的墙。两个时代，隔着一片断裂的废墟，对峙着，等待着时光的裁决。

春天了，陆续有人来鱼塘付费钓鱼，他们钓上的鱼，就送到餐厅里做了，胡吃海喝一通，离去。所有的垂钓者，或直接来海上餐厅就餐的，必要经过人民公社墙，第一次来的，必定要下车，凑到墙跟前去看看，原来那一张张的白纸黑字，不是寻人启事，不是通缉令，不是治性病、通下水道、修电器的小广告，是莫名其妙的诗歌。他们并不认为那是好诗，但对张番薯这人感到惊奇，由于他养鱼人的身份，他们对他诗歌的艺术性没有挑剔。他们作为风景来接受。可是今天，除了老牟，还没有一个垂钓者来。

老牟从渔具包里拿出渔竿，拉长，开始拴鱼饵了。全套的动作缓慢从容，客观上给了张番薯一丝安定。他也在老牟的身边坐下来。他们坐的位置，正好冲着人民公社墙的方向。张番薯看着老牟挥动鱼杆竿，把银线用力甩出去，水面荡起一波波涟漪，天光晃动着。多好的天气，多好的春光。这样的日子，适合发生喜悦的事情，可现实中的任何事情，往往与天气的好坏没有必然的联系。谁知道下一分钟，会有什么事情发生呢？张番薯定是不知道的，老牟也许知道吧，因为他心神不定。

老牟显得有心事。以前他来钓鱼，眼睛一直望在水面上，盯着水里的动静，不怎么关注周遭的事情。现在，他总是向人民公社墙那边望去。他瞄一眼残墙那边的动静，盯一眼水面鱼竿末梢沉没的地方。张番薯没察觉到老牟与以往有什么不同，也是一会儿看看水里，一会儿目光瞟向远处，跟老牟目光的方向一致。那地方，秋千安静，残墙空窗枯寂。废墟荒茫。不远处，城市的楼房，加倍地繁殖成茂密的森林，楼顶没在薄烟里，给张番薯制造出恍惚的感觉。

张番薯突然说："老牟，你说，人，真的需要那么多楼房吗？"他的目光虚在远处。

老牟愣眼看了一下身边的人，又去看远处灰茫的城市，说："不是人需要，是人的心需要。"

"你说得真对，老牟。有房子的人想有更好的房子，有小房子的人想有更大的房子，有大房子的人想有两三套房子。人类从来没有像现在这样物欲强盛，从来没有像现在这样活得本末倒置！"张番薯的话一句比一句的调门高，到最后似乎充满了愤怒。

老牟提防着老朋友的神经，赶快动一动鱼竿。"老张，是不是鱼咬钩了？哦，不是，不是。"

张番薯随着老牟的话，表情紧张地看鱼竿末梢的水面，随之放松下来，又望向人民公社墙，跟老牟聊起村里人的事。比如，这次城中村改造，谁家不要房子，要了补偿款，永远地离开了；谁家不要补偿款要了房子，准备回迁；谁暂时住在城里的儿子家，生活不习惯；谁家的补偿起了纠纷，兄弟姐妹或闺女儿子都回来要分一份，鸡飞狗跳，一地鸡毛。

忽然，张番薯不说话了，表情紧张地看着远处。老牟随着他的目光望去，废墟那边，一辆黑色小轿车，在残墙那停下来，下来四个青年男女，打量着那墙，用惊叹的声调议论着。话声从水上飘过来，高一句，低一句，看起来，他们属于富二代。这老屋红火的时候，他们可能还没出生呢。他们对它没感情，他们是新时代的年轻人，对一个旧时代只是好奇而已。张番薯拉长了脖子，张望着。两个女孩轮流坐到秋千上，被两个男孩推得高高的，发出女孩子天性中本有的尖叫声。疯够了，他们发现了诗歌，凑到墙跟去，各自对着一张纸读着，然后笑起来，嬉闹着。一看就知道，他们是第一次来这里，他们对那墙上的诗歌是取笑的态度，他们不过是一伙儿出来度周末找乐子的城里人。张番薯脸上显出不快的样子。老牟说：“他们终于离开电视电脑，出来一次也不容易呢。”

那几个年轻人又转到鱼塘来。一个女孩对着水面娇滴滴地喊：“看呀，那有只螃蟹！”有个小伙子为了讨取芳心，迅速脱了鞋，英勇地下到鱼塘边缘，弯下腰，手摸进水里。张番薯忽地站起来，挥动胳膊，喊声踩着水面直扑到对面去：“你们在干什么？这是个人承包的鱼池，你们走吧！”几个人向这边打量着，没吭声。小伙子爬上岸，穿上鞋，他们上了小轿车，随着一阵轰响离去，车尾是怏怏的烟尘。

“这些小崽子！”张番薯自言自语，小崽子们对他诗歌的轻慢造成的不快，仍留在他的语气里，谁会明白呢，那一行行的文字对他的意义？那是他内心千万条的道路，通向四面八方。

“坐下吧，看我给你钓条大鱼。”老牟哄着说。

张番薯乖乖地重新坐下。老牟瞟了一眼疯子的神色，专注于水里了。突然，他身体抖跳了一下。“老张，哈哈，鱼上钩了！”他突突突转着摇把收线，猛一提，一条半斤沉的黑鱼出了水面。他笑起来。“嘿嘿，咱老哥俩儿中午有下酒菜了。”老牟来钓鱼，张番薯是不收费的，但老牟钓上的鱼也不带走，钓得多就送到餐厅里做了大伙吃，少，就放了。

“嗯，喝酒。”

张番薯快乐起来，笑起来，笑着，笑着，脸就僵了。随着一阵强大的轰响，一辆卡车在人民公社墙那停下了。车上拉着巨大的板材之类的东西。几个工人从车头里跳下来，四周打量着，以便快速熟悉这人为的荒凉的环境。

“那边来人了，张番茄的人来了。”张番薯噌地站立起来，手足无措。“他们又来拆墙了。”他的脸上出现了焦躁的神态。

老牟也抬头看去。正要说话，那条刚被摘下钩的黑鱼，还没放进桶里，趁机又蹦回水里，逃进深远处。“哎哟，我的鱼！”

张番薯却不受这意外的影响，眼睛仍盯着对面。那些人，带着黄色的安全帽，开始走动起来，有个工人站到了秋千上去，蹲下身，奋力地蹬，终于把自己悠荡起来，回到了童年，空气里振荡着他青春的喊叫声。另一个工人走到墙根去，凑近了看那些诗歌。看了一会儿，这人朝着秋千上的人喊了一声。秋千停下来，那人也凑过去看诗歌了。现在，那两个工人用手指着墙，说着什么，笑起来，又四处看看，也向鱼塘这边张望了半天，似乎是在猜测，在找写诗的人。但想不出所以然来，又瞧了瞧那些诗歌，回到卡车边干活儿了。他们开始卸车，大声说着话，却听不清他们说的什么。

“他们要拆墙了，他们要拆墙了，这可不行，不行！”张番薯不知哪里来的爆发力，嗖地跑起来，腿脚敏捷地踏过木桥，眼看要到岸上了。

老牟吃力地站起来，在后面追，但他的大肚子沉沉地坠着，腿脚又很虚弱，张番薯早到了那里跟工人理论上了，他才气喘吁吁赶到。他扯起张番薯的胳膊往回拉。“老张你听我说，我昨天碰上你弟弟了，他说了，这墙不拆，想好好修一修。你们说对吧？你们张总是这样安排的吧？”老牟向工人们挤挤眼。工人们明白了他的用意，赶快答，是，是。

“走吧，走吧，旧房子都拆了，新的总得盖起来，让他们盖。你弟弟说了，他想明白了，人民公社墙是得留着，也算一景呢。现在很多人都收集毛主席像章、红卫兵袖标、文革报纸什么的，为什么人民公社墙就不能留着？”

“真的？他是这样说的？”张番薯频频回头，看一眼工人，看一眼残墙，被老牟拉着回到鱼塘的桥上来了。

老牟继续钓鱼，心里似乎是安定多了。张番薯在桥上来回走动，不放心似的，不时望一眼对面。

那边，工人们开始干活了。他们开始从车上往下卸木板，还有一些钢管，磕磕碰碰的声音传过来。

张番薯问：“老牟，你说经济危机要过去了吧？”

“没有吧？”

“那张番茄哪来的钱干工程？”

“想办法呗。”

“张番茄就是胃口大。”

“老张，你坐下来，别走来走去，鱼吓得不咬钩。”老牟看着水面说。

张番薯停下来。“老牟，那你慢慢等鱼上钩，我去厨房帮帮忙。”

海上餐厅，除了垂钓者，每天中午都有一些客人来，都是特意开了车来吃海鲜的。张番薯的儿子媳妇忙不过来，他确是要帮着忙一阵子的。但这会儿，他耷拉着脑袋，心不在焉，做什么都没有效率。钢管儿的磕碰声隐隐传来，老是勾着他的心思，钢管儿是干什么的？木板是干什么的？搭建脚手架用的，修建那么高的墙要搭架子，拆也是要搭架子的，不然人怎么上去呢？他对那边的事真的不放心。有一阵子，他跑出来问老牟钓几条鱼了，够不够下锅，顺便向那边瞄了一眼。就见脚手架已经扎好一层了，他的目光往下溜，停在贴满诗歌的地方，暂时，他们没把那些诗歌怎么样。太阳猛烈地晒着，按说那些白纸都发黄了，远看仍可以说是醒目。

临近中午，老牟把钓到的几条鱼交给张番薯收拾，自己坐在海上餐厅的檐下，吸着烟。

张番薯就站在厨房的水槽边，正对着窗口剖鱼膛。他听到木桥上有沉闷的脚步声越来越近了，抬头看去，走来的是一个工人，仍戴着黄色的安全帽。显然，是那边工地上过来的。他站直了，望着那工人一步步近了，看到他脸上一层浮灰，衣服上也是浮土。他无法给这人下一个定义，这是一个破坏者，还是一个建设者？他猜他是来买午饭的，便拧开水龙头，洗干净手，等着他开口。果然，工人停在窗口问：“有馒头吗？”他瞟一眼窗外的人，扭头向厨房深处看一眼，不情愿地说：“进来吧。”工人停在窗口不动。“我身上脏，就在这吧。”他态度缓和下来，再看这工人大概也四十多岁了，还在卖苦力，也不容易呢，就问：“要几个？”“十个。有咸菜吗？”“咸菜没有，有凉拌菜。”他装了十个馒头在一个大食品袋里，递给工人。“要凉拌菜吗？”工人犹豫了一下。“算了。”交了钱，转身走了。这工人是要省钱呢。他心里瞬间分泌出同情的汁液，张了下嘴，却没出来声，扭身到屋角的地上，从一个纸箱里抽出两瓶矿泉水，追出去。工人已把一个木桥快走完了。他张了张嘴，没喊出声，瞟了一眼工地，没有人在干活了，那里很安静。

可是，那里很乱。毁灭，或者是建造，过程都是丑陋的，都不好看。张番薯在正午强烈的阳光下，眯起眼睛，郑重地向那边看去。那堵残墙前，已经扎起两层架子，窗窟窿、空门框和青石墙，原封未动，却有一块鲜艳花哨的板牌立起来，遮蔽了它们的一部分，这座废墟一下子变得阴阳不定，奇奇怪怪的。

“老牟，他们那是搞什么名堂？”

“跟你说了，是修墙，快去让你儿媳妇给咱们炖鱼。”

“不要把秋千弄坏了，我孙子明天放假来荡秋千。”

张番薯的目光被鲜艳的色彩牢牢吸住，他已经感觉到一种不可预知而又气势磅礴的东西就要出现了。他们会把那墙修上什么样子呢？他看一眼檐下淡定吸烟的老牟，回餐厅干活了。

半小时后，两个老伙伴，吃上鱼，喝上酒了。餐厅里的客人们，都没有理会那边的工地，没有人谈起，他们只谈论自己的小圈子里的事情，然后在酒足饭饱的满足中，走过小木桥，上车走了。张番薯和老牟也没有谈起那边的工地。老牟掌控着话题，他们谈了儿女，谈了认识的村里人，谈了电视上的新闻，诸如地震、飞机失事什么的。张番薯爱喝两口，其实没有多少酒量，一会儿就话多了，没头没脑的话也出来了。他儿子劝他少喝，他倒要起酒来，不给不罢休了。老牟也一反常态，一个劲地劝他再喝点，没完没了地东拉西扯一些话题。

大半个下午过去，张番薯醉了，趴在桌上要睡着了。老牟架起他，送他到看鱼塘的小木屋里。张番薯晕晕乎乎，人已倦得睁不开眼。他完全听任体内血液的运转和输送节奏，忘了那工地，那墙，忘记看一眼那边的世界又有什么变化。他一头扎到床上，闭着眼睛，口齿不清地说：“老牟，不送你了，你慢走。再来啊。”

老牟拎起渔具箱，慢慢走过小木桥。坐进汽车里，他掏出手机打了个电话。“张总啊，你交给我的任务完成了，你哥现在睡着呢。我也困死了，我回家睡觉去。”收起电话，他发动了车子。

傍晚，张番薯醒来。他迷迷糊糊转到小木屋的后面，向鱼塘里撒了一泡尿，水响让他清醒了许多。

转回来，站在木桥上，他感觉到自己眼球的波动。太阳在海上一竿的地方悬着，像一枚放大的橘子。除此之外，他觉得视野里还有什么东西起了变化。他激灵一下，向废墟那边望去，就见人民公社墙没了，尖顶上的五角星没了；空的窗里的蓝天，没了；空的门，没了；他的那一片诗歌，没了。巨大的广告牌，顶天立地，却干净利落，横亘在那里，将整个人民公社遗址遮住了，显示出生猛宏大的勃勃生机。广告牌的基调是大红的，色块儿有的深，有的浅，上面印了一排黄色的大字：“上风水大宅，居者观天下。”

一个工人正在广告牌的顶端做最后的加固，他并不因为身在高处就高大起来，而是显得很渺小，像一只小鸟蹲在上面。下面的几个工人同样的渺小，正在收拾东西。

旧时代与新时代，以奇异的状态，在此汇合了。

于是，巨幅广告牌的鲜明，与村庄一小撮一小撮废墟的灰暗，像两面镜子，在张番薯的凝视中，彼此映照。一瞬间，那片霸气十足的红色，像红布激怒公牛，激怒了张番薯。“老牟，你骗了我！好你个张番茄，你们都是骗子！”他灵敏地冲进小木屋，拿了一把斧头又冲出来，奔广告牌去了。他的思绪也向前奔跑着，跑进人民公社那扇敞开的门，收发室里空无一人，黑色的摇把电话静卧在窗口。他进入狭窄的走廊，走在红砖铺就的地面上，去看每一个刷着白灰的办公室，房里空空的，他有一支英雄牌钢笔，不知遗落在哪一个房间了。可是，他没找到。他又来到空旷的大院，到贴着他诗歌的布告栏下继续找，但是，他的脚被什么东西绊了一下，发现自己摔倒在新时代的广告牌前。这使他更加恼怒，手握斧头爬起来，几个工人已经抱头逃得远远的，有人掏出手机打电话。他举起斧头，拼命地砍着广告板，只要他够得到的地方，被他砍得一片狼藉。上面那个没来得及下来的工人，趴在那里，死死抱着木板，发出恐惧的叫声。

张番薯继续砍着，疯狂地砍着。

不一会儿，张番茄带着公司的两个保安来了，他们一个拿着电棍，另一个拿着绳子。张番薯正砍得兴奋，发出快乐的叫声，竟没发觉身后有人悄悄靠上来。一个保安用电棍捅了他一下，他身体一抖，斧头落了地，另一个保安迅速将他五花大绑。他嗷嗷叫着，扭动着身体，被带到张番茄面前。他瞪圆了眼睛叫道："张番茄，这是人民的墙！"

张番茄看着刚立起来就被毁得惨不忍睹的广告牌，摇摇头，叹口气，只对保安说："把他带上我的车。"

"你要把我弄哪去？我哪也不去，我孙子明天来玩秋千，我得陪他。我还要写诗呢！"

没有人理会这疯子的叫嚷，他被七手八脚塞进车后坐，一边一个保安看着。张番茄坐进车里，对司机说："去绿杨楼。"

绿杨楼在那城市的山后，交通不便，很少有人去过那里，不过谁都知道，这富有诗意的地名，是精神病院的代名词。

扫街女人的午睡

一只硕大的苍蝇在房间里飞翔。

听它笨重的嗡嗡声，女人就知道，那是只绿豆蝇，脊背是黑的，眼睛是墨绿的，绿豆般大小。女人从来都把它叫绿豆蝇。它来自窗外的那棵无花果树，无花果张开的粉红的小嘴里，油汪汪的一包蜜。树下，女人拉起的那根晾衣绳上，蹲了一排绿头的家伙。

住一楼真是倒霉透了。女人的日子一年四季都在烦恼。

绿豆蝇的上千只复眼，看得见女人躺在床上，却看不出女人的情绪，它也就不知趣地继续飞来飞去。它感到这房间空荡荡的，东西也有几件，不过都在房间的下半截呢：一张铁床，双人的，女人的老伴病逝后，这床就是女人一个人的了；一张深栗色的木桌，已斑斑驳驳的了，上面摆放着一台破旧的老式电视机；还有几个纸箱子，要是它能明白纸箱上的标志，那么，那个大箱子是装过电视机的，几个小箱子是装过苹果的。

它被几件颜色鲜艳的东西吸引了，那是女人扫街时穿的工作服，一顶橘红色的鸭舌帽，就放在电视机顶上，一双橘红色的套袖，甩在一个纸箱上，一件橘红色的马夹搭在床头的铁架上，铁架上还残留着久远年代的蓝油漆。它轮番地在这几件东西上爬来爬去，嗅着气味，它没嗅到外面树上那些无花果那样清新的甜味，而是汗臭味儿，像男人身上的气味。还是树上那些粉红色的小嘴香甜。它笨重地飞起来，飞向窗子，可是它找不到来时的路径了。既然忘记了自己是怎么进来的，现在它只好在屋里盲目地飞着。

女人躺在床上。女人的脸上打着太阳的印迹，紫红的。她盯着这只硕大的苍蝇，不明白它是怎么进来的。先前，她听到树下一片嗡嗡声，还有更远的街上此起彼伏的蝉鸣，但那是些泛泛的声音，她可以迁就，不迁就也没有办法，她还想，那些声音要不了多久就得结束了，已经进了九月，它们还能挺多久？但房间里的这股子嗡嗡声真是讨厌透顶，因为单一，也就特别容易往耳朵里钻，然后直达心底，令她难以忍受。

该死的绿豆蝇！女人拉下床头架上的橘红色马夹，坐起来向空中挥舞着。绿豆蝇躲闪着忽然而来的气浪，胡乱地窜着，总算躲过一劫，伏在一面墙上，暂时按下翅膀不动了。

女人重新躺下。

女人听见客厅里一只吃饭时坐的小凳摔倒在水泥地上，玉女这孩子在忙活什么呢？那里也没有什么可让她忙的，一张破沙发、一张倾斜的饭桌、几只小凳子而已。她听见小凳子被玉女扶起来了，凳子腿是铁的，在地上划出了一道尖锐的声响。

“玉女，快睡觉，要不你下午上课就瞌睡了。”

女人抬起上身，向客厅的方向说着。

客厅里传来女孩的声音：“奶奶，你先睡。我不困。”

女人再躺下，这回她不打算再起来了，好好调整了姿势，安稳地躺着，这样一来，她觉得自己的身体很重，仿佛床都承受不了，但这张铁床从不会在她的重压下发出声响，只在她翻身的时候咯吱咯吱地叫两声。她让自己使劲地下沉，胳膊和腿的关节要多松有多松。松懈不掉的是玉女这孩子给她的烦恼。

是的，玉女，这是她的傻儿子把她带回家来时给她起的名字，她也就跟着儿子这样叫了。女孩原来的名字被他们扔掉了，扔在流浪的过去。女孩被儿子带进家门时是去年的夏天，她穿着三层衣服，满头的虱子，唯一可爱的地方只有眼睛，黑豆一样，滴溜溜的，发着清澈的光。正是这双眼睛打动了儿子。他把她乞讨的小手攥着，把她领回了家。这样的孩子，女人在扫街的时候是见过的，但她不敢多看两眼，她无能为力。可脑子缺筋的儿子已经把人领回来了，那不是小猫小狗啊，能把她再赶出家门吗？

她骂完了儿子，只好给女孩洗澡洗头，她问女孩为什么穿这么多衣服，女孩说怕丢了。她也就心酸起来。她到邻居家要了一包六六六粉，化在水里，给女孩洗了三四次，才把她头上那些大腹便便的小动物灭掉。可直到现在，女人还是觉得女孩身上有一股说不清道不明的气味，是火车站的气味，还是桥洞下的腐烂气？这是她过去常待的地方。再不就是发了馊的剩菜剩饭味儿，这是她以前常接触的东西。

女人侧耳听了听客厅的动静，她听见玉女的裙子窸窸窣窣的，那是街道办事处发动居民捐出来的其中的一件，是一件洁白的连衣纱裙，是女孩最喜欢的一条裙子，今天早晨刚刚换上。她穿上这条裙子，还真像个玉女哪。女人想，这孩子的衣服是够穿几年的了，夏天的单衣、裙子、凉鞋，冬天的棉衣、毛衣、皮鞋，都有了，坐在学校的教室里，这孩子的穿着不比那些有父母的孩子差。女人又听见女孩的塑料凉鞋在水泥地上蹭来蹭去的摩擦声，那鞋还是新的，不知哪家孩子的，好好的，就不穿了。到了玉女这孩子的脚上，要不了几天，就要磨坏了，这孩子是天生好动，还是野惯了？一刻也闲不住。女人又听见玉女在搬凳子，每天中午她睡午觉时，都听见玉女在折腾，她很少能安静地待上一会儿。不过比起女孩刚来的时候，她要省心多了，那时候，女孩动不动就跑出去了，要在菜市场、录像厅或别人家里才能找到她。她什么人都能搭上话，搭上话她就开始讲她自己的故事，没过多久，这一带的居民就都知道这女孩的故事了，没有人怀疑她的故事，她得到了充分的同情。

那只绿豆蝇不知怎么想的，又飞起来了。嗡——嗡——嗡。它竟大胆地从女人的头顶飞过去。它甚至触到了女人翘起的一根头发，极快地嗡的一声擦过。女人又挥起搭在床头的马夹，但动作怎赶得上飞翔的速度？她胡乱地挥了几下，手无力地垂下了。扫了一上午的街，她也累了。她没有去看那只绿豆蝇，她听见它在屋子的高处盘旋来盘旋去，嗡嗡地给她唱着催眠曲。

她是有些困意了，眼皮开始发黏。她就让它们黏着，不去费力打开它们了。她渐渐地也听不到客厅里的动静了。她不再想那女孩。

绿豆蝇从女人的脸上掠过，这女人的脸窄窄的，紫红的，抽紧着，是那种紧日子中的神态。没有很深的痛苦，也没有生活满足的惬意。女人觉得自己被什么东西骚扰了，晃了一下头，侧过了身。屋子里响起一阵轻微的鼾声。

只几分钟的时间，女人突然被惊醒了，是客厅里什么东西掉在地上的声音。

“玉女，你给我老实点儿。”

女人用沙哑无力的声音向客厅里喊了一句。客厅里没有应答，女人也不需要应答，她调整了一下身体，让自己躺得舒服些。这时候，她想起来了，她刚才做了一个梦。可能醒来得太快了，梦像一道闪电，无影无踪了。她又细细地回想，确认儿子是到她的梦里走了一遭，可是具体情节却想不起来了。儿子只是一个影子，晃了一下就不见了。她长吁了一口气，那傻儿子在外面怎么样了？

他呆头呆脑，心太善，会不会又干什么傻事？他在晚报上出名了，所有的人都知道打工仔捡回流浪女孩，可又咋样呢？他还得出去打工，把女孩丢给老娘就走了。过春节的时候，他回来过，晚报的记者来采访他，就想知道他决定把女孩带回来时是咋想的。他坐在记者的对面，又黑又瘦，脸像多少日子没洗过。他说：“我看她挺可爱的，在街上流浪太可惜了，碰上坏人怎么办？”他不知还从哪学来的文气，说自己是个感情丰富的人，见不得别人的不幸。街上没家的孩子多得是，他能都领回来吗？这事他管得了吗？真是不知天高地厚啊。女人还记得，那个女记者刚进他们的家门时，眉头皱了一下。可能是让咸鱼熏的，女人当时正在煎咸鱼。

女人有些想念儿子了，虽然他给家里带来这么大的麻烦。他要再过春节时才回来，可现在，外面的蝉鸣还没有消失呢。快了，它们快要没了。然后秋天来了，冬天也来了。这样想着，女人又听到外面那一轮一轮的蝉鸣了，好像比盛夏时弱一些了。倒是无花果树下那片嗡嗡声还要响上一阵子呢，苍蝇可比蝉长寿得多。

天棚上有一道黑色的裂缝，细细的，专门盯着看才能看清。女人第一次发现，这个家开始不结实了。这个家还破破烂烂的，从来就没有整洁富足过，现在，多了一个没有户口的女孩，这房子更像一驾破车，四角被生活的重量压得仿佛在吱扭扭地响着。女人感到喘息的困难。天还是很热。儿子打工的地方更热吧？他住得怎么样？他吃得怎么样？他不会惹是生非，可他缺心眼啊。

女人翻过身去，面向墙壁，她觉得枕头不够高，便把右臂屈起，加在枕头上，她就这样枕着自己的手臂，闭起眼睛，听着远处的蝉鸣和市井的声音，听着近处的蝇叫，意识渐渐地又模糊了，脑子里仿佛有一扇门，就要关闭了，她支撑不住，终于让那门关上了。她又睡着了。

只5分钟，客厅里响起了嘭嘭的声音，不是女孩搞的什么名堂，是敲门声。床上睡着的女人没有听到这声音。

仿佛睡了好久，仿佛只是一瞬，这是女人醒来时的感觉，女人是被女孩喊醒的。

“奶奶，干妈来了。”

女人模模糊糊地看见，玉女的干妈笑吟吟地站在她卧室的门口。这是一个心善的女人，还很年轻，开着一家酒店。她送玉女上了学。因为玉女没有户口，听说费了很多周折。可她送玉女去上学时，两家还不认识呢。那是去年秋天，下着大雨，她和丈夫打车将玉女送到学校。学校其实不算远。现在，她是给玉女送新学期的学费的。

女人彻底醒来，脚在水泥地上划拉了两下，找到拖鞋穿上。她把女孩的干妈让到客厅的沙发上坐下。女孩的嘴巴很勤很甜，谁也没教她，是她自己管人家叫干妈的，天知道她从哪学来的这一套？

玉女给干妈倒了一杯水。中午放学时，她去了一趟干妈的酒店，说学校催交学费了。干妈不单独给她钱，一定要到家里来当着大人的面给。干妈把钱塞到女孩的手里，“揣好了，别掉了。”女孩把钱装进连衣裙浅浅的小兜里，用手捂着。她没忘记说一声："谢谢干妈。"

这样的日子，将贯穿女孩的小学、中学和大学，干妈许诺了的。多漫长的日子。当女孩能上大学时，奶奶真的老了，干妈也会老了，可现在，她们都没去想这些。比起遥远的将来，现实要紧迫得多。

干妈和奶奶谈论起前不久播出的中央电视台的大风车节目，因为那台节目，玉女也参加了。这当然是媒体炒作的结果，但也是玉女这孩子的运气。全国能有多少小朋友有这个运气呢？先是捐款，然后有人把女孩带去了北京。那个节目是直播的，播出前，女孩从北京打回一个电话，告诉干妈和奶奶别忘了看。电视上，女孩和别的孩子一样穿着小动物形状的衣服，但她很拘谨，不抢着回答问题，活动起来也不像别的孩子那样活泼，有些呆头呆脑。这正是干妈和奶奶讨论的问题。这孩子被耽误得太久了，要补的东西太多。

干妈拉着玉女的手问："北京好不好？"

玉女说："北京太好了，为什么我们这儿没有北京好？"

干妈没有回答女孩的问题，干妈说："喜欢北京，你就得好好学习，将来到北京去上大学。"

奶奶插话说："你看这么多好心人帮你，你可得好好学啊。"

女孩点点头，又低下头，摆弄起裙子的花边。

干妈又对奶奶说："这孩子挺有福气。"

"对呀，她挺有福的。"奶奶也说。

干妈站起来，"我得走了。"她向门口走去。奶奶说着"再坐会儿"，也跟了过去。

"干妈再见。"女孩坐在沙发上没有动，扭头冲门口喊了一句。

干妈已打开门走了出去。女人说了句"再来"，把门关上。她瞥了一眼墙上的石英钟，还有10分钟一点。还可以再睡一会儿。她又回到了床上。

躺好后，女人没有忘记对客厅里的女孩说："玉女，回你屋里去睡一会儿。”女孩大声说：“奶奶，你好好睡吧，你扫了一上午街，累了。”

女人心里很感安慰。这孩子挺懂事的。她应该有个家。她叔叔把她带回家，她干妈供她上学，她这当奶奶的得好好照顾她。

这时候，女孩在客厅里小声唱起了歌。

流浪的人在外想念你，

亲爱的妈妈。

女人在床上仰面躺着，听到女孩的歌，把一只手臂挡在眼睛上，她的眼睛已经潮湿了。新闻部门策划的捐款仪式举办那天，女孩也唱了这首歌，把全场人的眼泪都唱下来了。女人想起那天女孩就是穿着现在穿的白纱连衣裙，而她自己穿了一件灰色的连衣裙，穿了一双别人捐给玉女的白色无后跟长筒袜，那一定是谁家女学生不要的，这打扮别人看着一定很可笑。但是过去了。重要的是，她得到了上千元的捐款。

冬天的风啊夹着雪花，

把我的泪吹下。

客厅里，女孩的歌声到此结束，她经常唱起这首歌，但这次她只唱了几句就停下了。屋子里一时很静。那只绿豆蝇突然又飞起来，女人看着它划着曲线绕来绕去，不再管它。一会儿，她的眼睛就干了，脑子里的门又要关上了。

朦胧中，女人觉得女孩走进了她的卧室。塑料凉鞋在水泥地上发出轻微的摩擦声。

“奶奶。”

“嗯？”

“你睡着了吗？”

“嗯。”

“你没睡着呀？奶奶，处面的知了叫得真烦人，它们什么时候才不叫啊？”

“快了，快没了。奶奶困了，别说话。”

女人努力地睁了一下眼睛，又被窗口刺眼的阳光关上了。“奶奶，奶奶。”女孩又叫了两声，女人听到了这遥远的声音，但说不出话。再以后，她什么也听不到了。她又睡着了，睡得死沉死沉的。

绿豆蝇再次嗡嗡独唱着在空中穿梭起来，它一定听得见窗外它的同伴们的和声，还有蝉鸣和城市里在正午还没有停歇下来的各种声音，但女人沉睡的神经不再感觉到。她已潜入水底。

当女人的睡眠从深处浮上来，她听到了遥远的敲门声，等她彻底醒来，才知道这敲门声很近，很大，很急。

女人开了门，是玉女的老师，来问玉女怎么没有去上学？女人这才去看墙上的石英钟，已经两点半了。这孩子没有去上学？女人的神经被振动了一下，午睡时散掉的力量迅速集聚起来，她在客厅里打着转，又冲进女孩的房间。这房间的床上扔着女孩的那条白纱连衣裙和一些别的衣服。一幅出逃的景象。女人又回到客厅，东翻西找，企图发现点什么。她发现光光的饭桌上躺着一枚钥匙。她抓在手里，那是她给女孩配的自家的门钥匙，她还用红色的毛线搓了一根绳，穿在钥匙孔上，以便女孩挂在脖子上。女孩把它留在桌上，看来，她不需要它了。女人不甘心，又到处翻找着，这孩子能不留一张字条吗？可什么也没有。

女人像被抽掉了筋骨，颓然坐到沙发上。是女教师的一句提醒又使她跳了起来，女孩的老师说：“看来这孩子是跑了，她没拿钱吗？”

女人冲进自己的卧室，在一个纸箱子里摸索着，掏着，最后拿出一个布包。千元的捐款她已花去三百多元，买了几件家里必须要用却一直没有的东西，剩下一点零钱在她的衣兜里，布包里整整有六百元。她抖动着手打开，把一卷票子一张张捻开，然后眼睛大睁着说不出话来，六张百元的大票子，变成6张10元的小票子。这该死的丫头！她偷了钱！女人翻遍破桌所有的抽屉，也没找到那些钱。还好，她还留下六十元钱，可她哪来的这些10元的票子呢？原来她早就开始偷钱了。女人重重地跌坐在床上，明白女孩是换了带口袋的衣服，装上钱走了。

“这死丫头！我哪儿对不起她？”

她的眼泪这才溢出眼眶，但还没到达她紫红的脸颊上，就被她扫街的手扫掉了。如果能够，她愿意让眼泪到达这个地方，这是太阳待的地方，会把她的眼泪烘干。但她不能。她不愿意让女孩的老师看见她的已经衰老的眼泪。在她打扫这些浑浊的水珠时，她听见女孩的老师安慰她和告辞的声音，然后又听见门被轻轻关上了。

这个家又将像从前一样了，儿子在外打工，她一个人住着，每天扫两遍大街，然后盼着儿子回家。

那只绿豆蝇又嗡嗡地在屋内穿行起来，它甚至在女人的周身转了一圈儿，然后终于找到卧室的门，飞到客厅里去了。

女人站起来，走到客厅的餐桌旁坐下，把女孩留下的钥匙抓在手里。这孩子真的不需要这个家了吗？她要去哪儿？去北京？女人想不通，这个家再穷也是个家呀。唉，一个女孩子，已经开始发育了，她会碰上什么人呀。再说，天也要凉了。

女人想起女孩刚来时的样子，还有她的那个人们一听就相信了的故事：她6岁的时候父母离婚，母亲跟人走了，父亲带着她来到城市拾破烂儿。有一天，父亲也扔下她走了，不知去向，她被房东赶出来，开始在街上流浪。

这是真的吗？

女人实在不愿再看那只寻找出路的绿豆蝇在屋子里盲目而痛苦地飞翔。她打开了客厅通向楼道的门。

巡道工王守国工作简史

一、铁饭碗

老巡道工王守国已进入弥留之际。

他想见的人还没有来。

每当他把光芒微弱的眼神投向儿子王友好，王友好就解释说，我找到人了，这两天就会来，已经派公司的人去接了。或者，可能是在等护照吧，快来了。

王守国就闭上眼睛，进入幽冥昏暗的状态，一辈子的光景，云絮般，片片掠过眼前，有时清晰明亮，有时乌旧昏暗，接口也是混乱的，没有时间顺序。其实他已经失去了回忆的能力，那可能是弥留境地的一种正常反应，也可能是别人对他的回顾在他潜意识中的回应。反正，一个人死后，他的家人，他的朋友，曾经一起工作过的伙计，都会不由自主的回忆起他的一生的。

别人眼中的王守国再平常不过，王守国自己却一辈子沾沾自喜。这得先从铁路说起了。

铁路是指老沙俄修筑的丁字形中东铁路，南北向从绥芬河斜到满洲里，东西向从哈尔滨斜到旅顺口。20世纪初，王守国的父亲出生的时候，中东铁路刚通车一年，因此王守国的爷爷就给王守国的父亲起名叫王铁路。此时，王守国的爷爷已病入膏肓，他本来是山东烟台乡下的农民，被招募来东北边境当华工，以为会在铺路活上挣到钱，没想到，沙俄每天只给中国工人十个戈比的生活费，这事在《列宁选集》中可以找到，列宁在

《中国的战争》一文中有揭露。还不只如此，他们住的工棚条件很差，干的也都是最繁重的活，鼠疫流行的时候，很多工人都死了，王守国的爷爷好歹逃过一劫，到铁路全线通车的时候，也累垮了，在王铁路出生一年后就死去了。

王铁路就留在了边境，十五六岁就在铁路上工作了，后来成了一个巡道工。

王守国出生的时候，中国正在抗日，沙俄早就改叫苏联了。苏联老大哥那时虽然也曾暗里接济过东北抗日联军，但明里也正在犹豫徘徊，要不要帮助中国，是帮国民党还是帮共产党。后来为了他们本国的利益，到底还是出兵中国打小日本了，并且把一切都移交给了共产党。紧接着，1952年，苏联把铁路的管理权交给了中国，王铁路也到了退休的年龄，儿子王守国顺理成章接了他的班。

王守国当上巡道工时，父亲王铁路就沾沾自喜地告诉他，这可是个铁饭碗。旧社会，这个边境小镇就流传着这样一种说法：海关是金饭碗，银行是银饭碗，铁路是铁饭碗。王铁路说，好歹咱也抱上了一个抗摔的铁饭碗，这辈子不用愁了，你的儿子也不用愁了，这都多亏了你爷爷。

到王友好这辈，他果真也是不用愁的，自然而然接了王守国的班，当了新一代的巡道工。但是，王友好受不了这份差事的枯燥无味，而且孤独。他闹着去开火车，火车真就开成了，可他开的是国内线，没有油水可捞，而此时，苏联也解体了，刚刚开放的小镇，正全民经商，王友好就跳下火车，扔了这铁饭碗，跟朋友搅在一起，也办起什么经贸公司了。经商也许就发大财，也许就赔得底朝天，算是什么饭碗呢？王守国琢磨过，可再也找不出金银铁以外的名称来给儿子的工作定性。

王守国生了很久的气，他一直觉得王家自他爷爷开始的四代人，与铁路有着特别的渊源，特别的关系，特别的缘分，这在小镇上是很难再找到的。作为一个一门四代铁路工人的家庭，他们有自己的历史，而且差不多是与小镇等长的历史，这是何等有意义的事啊。他们住在铁路生活区段最特别的俄式老住宅里，外墙刷着鲜亮的黄粉，屋里是镇上其他人家所没有的结实的木质地板，出门坐火车也不用花钱。为此，他脸上一直明晃着自豪而满足的光亮，放射着某种不言自明的优越感，身板到老了仍拔得笔直。

可是，儿子大刀阔斧地破坏了这一切。王友好不在乎这一切。公路和汽车越来越发达，飞机和民航越来越发达，铁路没有铁老大的地位了，离开就离开了，年轻人总要跟着时代走的。

后来，王友好当上了经理，频繁地出入国门，跑俄罗斯，王守国心里一直藏着的一个人——因为压抑和有意忘却而变得模糊的一个人，一点点清晰了，王守国终于决定要在现实中找到他，确认他，确认他的生死，但他不在中国的现实中，他在俄罗斯。王守国托儿子有机会去找这个人，为了这件事，他才不再生儿子的气了。他想，这也可能是上天的安排，上天安排儿子去给他办他余生里最后一件事。

王守国想开了，也是因为明白了，儿子对铁路的感情与老子是大不一样的，也是不可能一样的。王友好才走了几天的枕木，敲过几天的道钉？经历过什么风什么雨？虽然老子的经历他都知道，但毕竟隔了一层皮，他不必怀恋，不必放在自己的心里和感情中。

而王守国……

二、盛宴

巡道工王守国的工作路段是，从小镇火车站出发，向北走上一里地，然后转过一个弧度很大的弯，再一直向东走。走着走着，就没了人家，铁路右边是山，左边是沟谷，再左边是公路，紧贴公路又是山，翻过那山又是小镇，镇上大部分机构和人家都在那边。

王守国右肩上背着发黑的帆布包，里面装着各种工作上必备的工具和一顿午饭，手里拎一个小铁锤，沿着铁路慢慢地走，眼睛盯着黑枕木，盯着铁轨凹处的道钉。有时，他也弯下腰去，用锤子，左一下，右一下，敲敲打打，看道钉是否松动。这是一条寂寞的路。他不会遇到一个人，也没有遇到什么突发事件，只是每天有两列火车经过，一列是国内的火车开往对面，一列是对面的火车开往国内。车声隆隆而过，空谷里一片寂静，因这寂静，他恍若在梦中。

继续往前走，王守国要穿过一个隧道，小镇的老百姓叫作三号洞。这序号是从对面的某个洞开始排起的，到这里是第三个洞。这隧道不是很长，站在这边，透过一段幽暗，能望见对面有一孔脸盆那么大的亮光，有时天突然下起雨，王守国就在这里避一会儿。出了这个洞，再往前走上百米左右，他就要停下脚步了。

那里立着一截窄小的界桩，石质的，白色的。

他巡察的路段到此为止。

界桩的两面，山光草色，土地铁路，一切并无二致，却是两个国家了。

他的目光像火车一样，沿着铁路往前跑，一直往前看去，铁轨牵着他的视线一直向东，走出很远，又是一个幽黑的洞口，那大概是二号洞吧。过了那个洞口，再走上一段，就是俄罗斯的边疆小镇了，从那里开始算，就是实实在在的我们正在学习的那个苏联老大哥了。他知道那个国家有列宁和斯大林，他到小镇的东山上采蘑菇时，看到对面的小镇上有汽车的玻璃闪着阳光。那里并不遥远，可是那里很神秘。

每次走到这里，王守国都向对面的方向凝望一会儿，像在盼望一个人，在想这个世界上为什么要有国家。有一天，就从对面的洞口慢慢走出一个人，与他年纪相仿，也穿着铁路制服，背着工具袋，慢慢向界桩这走来了。是对面的同行来了。两国离得这么近，人家却是高鼻子，凹眼睛，王守国不明白，为什么地上长的东西都一样，跑的人却不一样。两个不同的人种，两个陌生的人，互相对望了一眼，转身各自往回走了。

后来两人又遇到几次，再后来就经常遇到了，仿佛是两人刻意遇到的。还是对方开朗，友好地笑笑，先开口向王守国问好——王守国认为他是在问他好，也就回答一声：你好！

又有一天，王守国到达界桩的时候，已是中午，对面的人就坐在离界桩一米远的地方吃午饭呢。于是，王守国也在离界桩一米远的地方坐下来，喝口水，打开了自己的饭盒。两人沉默无语，因为语言不通，只是偶尔对望一眼，做出一个微笑的表情。吃完饭，两人各自抽一支烟，看看山，听听鸟叫，最后掐灭烟头，相背，慢慢而去。

以后，两人就有了默契，内心仿佛有一个约定，算着时间，到界桩的时候，正好是中午。他们紧挨着界桩坐下，坐在自己国内的一方，打开各自的饭盒，摆在地上。王守国的饭盒里有两个馒头，两个咸鸭蛋，而对方巡道工的饭盒里有两截红肠，两个面包。还是对方主动，递给王守国一截红肠。王守国犹豫了一下，接过，连忙递过去一个咸鸭蛋。看到对方高兴的样子，他也笑笑，心想，平时只带一个鸭蛋的，今天偏就带了两个。两人都吃得香，对方连说“哈拉少”，时间长了，王守国才明白，“哈拉少”就是“好”的意思。

两人已不满足于眼神和手势的交流，开始互相学习简单的语言，王守国终于知道，对方的巡道工叫克罗辽夫，他也用手拍着着自己的胸，对克罗辽夫反复地重复着“王守国”三个字的发音。

两个不同种族的巡道工，就这样成了朋友。

王守国和克罗辽夫的午餐后来非常丰盛，那是从王守国的儿子王友好出生开始的。儿子是夜里出生的，第二天王守国照常去巡道，吹着口哨，中午在界桩处，他早早就等着克罗辽夫了。这天，他带了两个饭盒，里面的食物令克罗辽夫睁大了梦幻般的眼睛，脸上布满疑惑。王守国摊开一块塑料布，把食物一样样摆出来，除了馒头和咸鸭蛋，还有三个菜：鸡蛋炒黄瓜、酱焖河鱼、炸花生米。

王守国兴奋地说：我有儿子了！可是，克罗辽夫听不懂，眼神迷茫。王守国张牙舞爪比划了半天，才让他明白。他高兴地抱了一下王守国，毛茸茸的手，重重地拍着王守国的肩膀，呵呵笑着。王守国说：我给他起名叫王友好。他将两个拇指并在一起，对克罗辽夫晃着。克罗辽夫这回明白了，也做了同样的手势，王守国也明白，克罗辽夫是表示两国的友好。站上有规定，工作期间不准喝酒，王守国按捺不住激动，还是偷偷带了一瓶白酒，一人一杯满上，庆祝王友好的出生。

从这以后，两个人的午餐每天都很丰富，变着花样带，互相换着吃。王守国有时带包子，有时带饺子；克罗辽夫有时带鱼片或鱼子酱，有时带一盒红菜汤。他们好像在比两国的食谱，比各自老婆的厨艺似的。两人的食物在地上摆在一起，真是天地间的另一道景致，有色有香，两人就开心地笑了。

过了一年，克罗辽夫的儿子也出生了，他们也是这样盛宴庆祝的。

三、冷餐

王守国与克罗辽夫的友谊，在站上无人不知了。

谁都知道，有一年冬天，下最大一场雪的那天，王守国与克罗辽夫在界桩那相遇时，王守国只穿一件短袄，冻得脸发青，身体像在筛糠。克罗辽夫用关注的目光看着他，打着手势让他多穿一点。第二天再相见，克罗辽夫给王守国带来一件厚重的灰色呢子大衣，王守国不收，克罗辽夫生气了，把大衣往地上一放，就走了。

第三天，王守国就穿着那件大衣巡道了。站上的工友都见识了那件大衣，里面还有夹层，特别压风。克罗辽夫见了，高兴地朝他竖起大拇指。王守国知道克罗辽夫的国家重工业发达，轻工业却落后，他们特别喜欢中国的小玩意，就给克罗辽夫带来一个手电筒。克罗辽夫接过礼物，高兴地拥抱了王守国。

在这空谷中，在钢硬的铁路线上，两个散发着生命活力的男人，向对方，向天地，展示着人类内心柔软的部分。

起先，王守国并没有意识到两人的这种无言交往对自己的内心能有什么影响。这天，他在界桩处坐下来，心想克罗辽夫这家伙迟到了，等了半天还不见人来，就一个人打开饭盒，先吃了。一边慢慢吃着，一边向对面望着，可那个人一直没有出现。他这才发现，自己的胃口不佳，饭吃不下去了。回来的路上，他一直在猜想，克罗辽夫是病了，还是出事了？也许是对方换巡道工了？他突然意识到，自己在牵挂那个人了。

第二天，王守国见克罗辽夫早早坐在那里休息了，松了一口气，脚步也轻快了，老远就喊起来。既然人又来了，就不问没来的原因了，两人笑着，互相捣了对方一拳。

突然的，报纸和广播天天在骂苏联了。小镇上火车站一带，方圆不远的地方都插上了木牌，上写：外国人止步。苏联跟车来的工作人员，散步不能超出此范围，而且谁也不能跟他们打招呼。小镇的四周和边境线附近，都设了岗哨。两个山顶高地，还有部队把守。形势的突变，令人惊诧。

站领导告诫王守国，不要再和克罗辽夫打得火热，要保持距离。王守国不表态。站长又加重语气说，这可是大是大非问题，不要为此影响前途。

王守国背起工具袋，拎上小铁锤又上路了。左敲一下钢轨，右敲一下道钉，心里嘀咕着，处得好好的朋友，突然就不理人家了，怎么拉得下脸来呢？这是小孩子把戏嘛。慢慢的，就出了三号洞子，就看见克罗辽夫也向这边走来了。那家伙装作一心工作的样子，也像是在心里犯嘀咕呢，眼神不定。他明白，克罗辽夫也一定被上边警告过了，不许和他接触。两人的表情都不自然，没有像往常那样老远就热情的招呼对方。不过，到了跟前，两人还是握了握手，抬起眼皮，互相看了对方一眼，目光意味深长。

他们坐下来吃午饭，不过，下意识地拉开了距离，自己吃自己的。王守国扭头看了一眼克罗辽夫，对方耸耸肩，摊开双手，配合五官，做了一个无奈的表情。王守国做出理解的表情，苦笑笑。

后来，他们见面就不握手了。

再后来，他们连简单的“你好”也不说了。在界桩处，只是互相对望一眼，然后默默掉头，各自向祖国的方向走去，走出很远了，各自坐下来，闷头吃午饭，那是一段谁也看不清谁吃的是什么的距离。他们觉得，这样似乎能自在一些。

可最终的感觉，还是不自在。

两个心心相通的朋友，没有隔阂，没有冲突，就因为国家之间变了脸，他们就得跟着变脸？实在没道理，实在别扭。还是克罗辽夫胆大，一天中午，他到了界桩边，早就想好了似的，突然就坐下来，沉着地打开了工具包，拿出饭盒。王守国看了他一眼，微笑了一下，也大起胆子，坐在了界桩这一边。克罗辽夫的午饭依然是面包红肠，可王守国的午饭不再是馒头和咸鸭蛋，而是玉米饼子和咸菜头。因为，那时候，全国人民都在挨饿了。克罗辽夫主动伸手过来，掐了一块玉米饼子，捏起一根咸菜条，尝了一口，皱了下眉头，就把一截红肠递给了王守国。王守国舍不得吃，放在饭盒里，带回家给王友好吃了。

王守国最后一次见克罗辽夫，他们又在界桩处一起吃午饭了，吃得大大方方，气氛跟从前一样。只是，王守国是不好意思把野菜团和咸萝卜给克罗辽夫吃的，倒是克罗辽夫又给了他一个面包和两截红肠，一看就是特意多带来的，让他带回家给孩子。克罗辽夫掏出一支烟，划了一根火柴没有划着，再想拿一根再划，火柴盒已空，王守国就拿出自己的打火机，替他点着，自己也点了一支，然后把打火机送给了克罗辽夫。打火机是红色的，八成新。

他们默默地坐着，抽着烟，看着秋山，五彩的树叶唰唰地在他们耳边响起。云，在他们头顶上飘着，远去……

第二天，王守国就再没见到克罗辽夫了。不，是克罗辽夫再没见到王守国了。这次见面，被车站认识王守国的人在山上看到，打了小报告，王守国被停职一周写检查，克罗辽夫以前送他的呢子大衣，也被站上没收了。好在，王守国没有丢了这铁饭碗，当然还当巡道工，不过，让他改巡内地线路了。

四、打火机

一晃儿，二十多年过去。

王守国快到退休年龄了。

他活得知足，因为这二十多年里，不少人被打成了“苏修特务”，死了，或压抑地活着；不少人偷越国境，被遣送回来，落了个“叛国投敌”的罪名。而他，抱着一个铁饭碗，孤单是孤单，寂寞是寂寞，总算平安地熬到要退休了。

然后，没听到上边有什么说法，但他听说小镇火车站的站长，作为民间大使，去国界那边的小镇，送了一车皮西瓜，拉回一车皮土豆。

两边的地方官员开始互访。

又过了一段时间，小镇上到处走着白皮、黄发、高鼻、凹眼的人；黄皮、黑发、塌鼻、突眼的小镇人，来自全国四面八方的人，挤满了开往对面的国际列车。

王守国终于敢名正言顺地想起克罗辽夫了。嗨，这老朋友，怎么样了呢？王守国去找领导，要求重回旧岗，退休之前，再重温旧梦。领导批准了他的要求。

王守国背上工具包，拎着小铁锤，向北走，向东拐，一直走，看看两边的山光，景色依旧，只觉得自己这二十多年是去梦里走了一回，又回到现实中了。人世动荡，到底还是草木忠诚，一切都是老样子。他慢慢走着，心里隐隐地激动起来，想那克罗辽夫也该老了吧？他们白种人，老了是什么样子呢？他们还能互相认出对方吗？该拥抱还是该握手？还是只问一声好?

进了三号洞，他的心跳就加快了。他盯着那团脸盆大小的光亮走，那亮口越来越大，大到他足以看到洞那边的铁轨和枕木。突然，他竟然害怕看到什么了，低下头走。

出了洞口，他一狠心抬起了头，对面却没有人。他松了一口气，慢慢走到界桩处。紧接着，他又胡思乱想起来了，克罗辽夫，这老家伙，怎么不见影呢？出什么事了吗？调走了吗？他坐下来等了一会儿，仍是没有人影，就站起来回返了，一边还回头望着。仍是没有人影。

过了好几天，王守国才遇见对面的人，一出洞口就看到了，但那是个年轻人，巡到界桩处，淡然地瞟了一眼王守国，转身就往回走了。王守国看着年轻人的背影，愣了半天，接着做出肯定：克罗辽夫真的不在这了。一连几次遇到都是这人，年轻人甚至不看他一眼，就转身走了，上代人的事，他怎么知道呢?

这天，到达界桩的时候，恰好该吃午饭了，那年轻人也来了。王守国从工具包里掏出一瓶酒，对年轻人晃了晃，对方的眼睛忽然亮了，好像王守国的酒瓶就是开关。两人在界桩处坐下来，喝起了酒。这是王守国工作史上第二次违反禁令，也是最后一次。

王守国早年学会的几个俄语词早忘光了，只记得克罗辽夫这个名字，他用手势，比比划划，向年轻人打听克罗辽夫在干什么？年轻人表示他是刚来的，不认识这个人，说回去帮他打听。第二天，他们会面的时候，年轻人说了一句“克罗辽夫”，就闭上眼睛，往后一倒，屏住呼吸。王守国不明白什么意思，年轻人就把这一系列动作又重复了一遍，王守国就沉默不语了。

不久，王守国就退休了。

而王友好也开始跑俄罗斯。

王守国一直不相信，克罗辽夫已经死了，还没到死的年龄呢，那年轻人是不是弄错了？是不是在敷衍他？有一天，他做出一个决定，对王友好提起了克罗辽夫，问他能不能找到这个人？

王友好说：我忙得要命，哪有时间管你的事？

王守国说：你忘了？你吃过他的面包还有红肠啊。

王友好就不吭声了。

不过，又是两年过去，王友好一直也没向父亲汇报他寻找克罗辽夫的情况，王守国也没再问起。直到王守国得了癌症，王友好问他还有什么事要办的？王守国这才又提起了克罗辽夫。

在医院的病房里，王守国再次醒来，是被王友好轻声唤醒的。年轻时代的克罗辽夫就坐在他的床边，微笑着，“您好！”他竟然会说汉语。他把一个红色的旧式打火机，放到王守国的手里。他说，这是我父亲留给我的。

王守国看着打火机，还是原来的样子，颜色没有变得更旧，表皮没有更多的划伤，说明克罗辽夫根本就没舍得用它，一直珍藏着。王守国明白，克罗辽夫真的死了，那个年轻人没有弄错，没有敷衍他。他放下心来。接着，心里就涌上了巨大的幸福感，因为，他马上就能见到老朋友了。只是，另一个世界里也有国家吗？也有界桩吗？也要办护照吗？这次见面，应该是容易的吧？他看着克罗辽夫的翻版，微微一笑，拇指按了一下打火机开关，可是力度太小了，他没有听到打火机打开的声音，但他却分明看到了一束跳动的火焰，照亮了他的路。他安详地闭上了眼睛。

打火机在他的手中被握出了温暖。

打牌的时候

1

我老婆对我最不能理解的一件事就是打牌了。她说，不就是五十来张纸片儿吗？看你们摔的那个来劲！她说她的老公没出息已经到了如此的份儿上，玩都玩得这么低俗。知道那些事业成功的男人都是玩什么吗？人家打的是高尔夫球、保龄球，就是打牌，那也是桥牌。一个男人有没有出息，看他玩的是什么就知道了。我不理她的话，她再怎么说，我也出息不到哪儿去，年过四十了，没有什么机会了，再说，那也得命里有啊。再说，这个世界不能人人都是英雄，否则都想称王称霸，那就别想太平了。所以，像我这样庸俗地活着的人还是多数，也有存在的合理性，这样想着，累了什么都不想干的时候，就心安理得地打牌了。老婆开始还抱怨，后来就没有声息了。

我们打牌的那种玩法叫"拖拉机"，两个人能打，三个人也能打，四个五个人打都行。可不管多少人参加，不管怎么变化，最基本的人手通常就是老葛、老黄和我。老葛和老黄也是和我一样的庸人，打牌有瘾，最近两三年，我们经常在一起玩。一般都在晚上或双休日的某个下午，一般都是老葛张罗，所以，战场一般都在他家那一带，夏夜里，就在他住的楼下的小卖店门前，外围还有一圈观众，有时就在他们楼下的水泥地上，老葛住一楼，就从窗口扯出一根电线，接上灯头灯泡照亮。冬天嘛，有一阵子，他们那个楼上有一个没有房改的屋子，住户搬走后空着，我们就撬开门在那里面打，后来，来了新住户，那就谁的老婆回娘家了，就去谁家里打。

多数的时候，我们都是聚在老葛家打。开始的由头是去吃鱼，老葛爱钓鱼，每次到海上钓鱼回来，都让他老婆单英熬一锅鲜汤，叫我和老黄来喝两杯。酒喝完了，老葛就提议玩两把。我们玩的时候，单英就在厨房里干活，把一个乱摊子收拾好了，再给我们泡上一壶茶端到客厅里来，有时候，她也加入进来玩一会儿。老葛动不动就瞪起眼睛训斥她，嫌她出牌慢了，或者嫌她洗牌不利索了，就是她在厨房干活的时候，老葛也能找到理由挑剔她两句。我们这个地方就是这样，男人都是大男子主义，基本上不干家务，女人都贤惠能干，绝不想歪的，如今年轻的一代就不一样了，可我们这一代没有什么大变化。单英虽然对老葛的训斥不满，但也没有太当回事儿，好像都习惯了。

老葛曾经说过他和单英的婚姻。他们原来都是下边一个小村子里的人。25岁那年，他还是个很帅气的小伙儿，还在部队服役，回家休探亲假的倒数第二天，村里有人给他介绍了一个对象，据说还当过几天小学代课教师，那就是单英。他们在媒人家里见的面，都很拘束，坐了一会儿就各自回家了。老葛说当时单英戴着淡茶色的眼镜，所以也没看清她是单眼皮而且还是肿眼泡儿。第二天他就归队了。过了一个多月的样子，家里来信问老葛，单英做媳妇行不行，他勉强说“行啊”。结果没过几天，单英就找到部队上来了，说是要结婚。老葛也不好说不结。结婚后，老葛很快结束兵役回来了，结果过起日子来两人总是吵架，吵急了，他就对单英动手。如果生了孩子，他们的关系肯定会好得多，可他们没有任何避孕措施，过了两三年还没有孩子，到医院一查是单英有不孕症。

老葛也曾动过两次离婚的念头，但都没有进入实质操作阶段。第一次是因为单英的父母在坐拖拉机进城卖苹果的途中，一起被一个拉轮胎的大卡车撞死了。老葛就不忍心做了，他一直记得车祸现场的样子，苹果滚得到处都是。第二次，也就是前三四年吧，是因为单英下岗了，回来哭天抹泪的，老葛又不忍心做了，总不能落井下石吧。日子就这么拖拖拉拉地过着。也难怪老葛总是想打牌。

现在，我们去老葛家打牌也不用什么理由了。年初的时候，老葛的一个战友开了个饭店，就把单英安排在饭店的厨房帮忙了。她总得晚上十点多才能回来，我和老黄，有时还有临时加进来的人，在十点的时候就撤了。我赢的时候，都是打的回家。看着静下来的街道和在夜色中缩头缩脑的建筑，我往往不知自己在哪一个世界中。

2

这个周末的晚上，我们是在喜园饭店打牌。

喜园饭店就是老葛的战友开的那个饭店。战友因为好久没见老葛了，请老葛过来吃顿饭，还让他有朋友也一起带来，老葛就叫了我和老黄。

我们被安排在一个单间里。老葛的战友陪着我们喝了两杯，却不能多喝，别的客人他也要去照看一下。他的凳子还没坐热，就有事被手下的人叫出去了。走时他交代我们吃好喝好，再玩上两把，如果嫌人少不热闹，他可以再给找两个人来。他还让服务小姐给我们上了一副新扑克牌。我和老黄都管他叫苗老板。

苗老板这个人看上去很朴实，不像老板，更像种地的农民。老葛说他们曾经共同在一个小岛上服役，但只是一个连队的，没有什么交往，到了地方上熟识起来，开始常来常往。老葛说，老苗这人不错，挺实在的，够朋友。

我们没有让苗老板再找人手，三个人打算玩一会儿就算了。这两天的气候有点秋老虎的意思，一个小电风扇在我们墙边的上方旋转着，发出轻微的咯嗒声。那个位置因为潮湿长了一大片霉斑，可是虽然把电风扇钉在那里，也遮不了多少，于是下面又贴了张“乐百氏”饮料的宣传画，仍有零零散散的斑点辐射出来。就不管了。谁也不去看墙，都在盯着牌。

老葛这次手气不好，一直在输，总是为出错牌后悔，总是叨叨咕咕。他这个人难得心情好，动不动就发牢骚。主要是从部队复员找到一个小单位后，编制问题上十年了一直没有解决，关系是放在下面一个小企业里，所以单位的奖金啊，住房补贴啊，福利分配啊，总是没有他的分儿，一遇到这种时候，他就窝火，跟谁说呢？跟单位的人说没有用，这是体制的问题，不在编就没有多余的东西给他，他抱怨得多了，单位的人都烦他了；跟朋友说，他们管不着，也帮不上忙；跟老婆单英说，她当头就一句：你怪谁呀，怪你自已没有本事。也因此吧，对老葛来说，玩牌就像麻醉，这种时候什么都不记得了，赢了还很快乐。就是这个纸牌的世界还在老葛的指掌中。所以，他甩牌的动作比他工作生活的态度都自信。只是，这一轮他又输了。我和老黄小赢了一点。

每一轮结束的时候，亮出底牌，我们都为出乎意料的结果而说笑一阵子。有人自得兴奋，有人肠子都要悔断了。我洗牌的时候，向对面的老葛看了一眼，忽然发现，他有许多白发了，还不到四十岁的人，你说他四十五岁也有人会信。有时候，我们在外面吃饭，论起年龄来，有人还以为他比我大呢，其实我要大他好几岁呢。于是，就觉得老葛挺不容易的，心里真的希望他能赢一次。

可下一局是老黄赢了。

我们闲聊起来，他们两个都说羡慕我的清闲，因为儿子去年上大学走了，终于见到解放区的天了，我和老婆都可以喘口气了。我说，哪里啊，学费也是个压力啊。其实，我们几个最没有压力的是老黄，他和老婆收入都还不错，孩子才上初中，还不至于那么紧张。每天晚上都是老婆在家照看孩子，老黄净玩了。

这一轮我抓到一组大牌，竟然是三个“A”。在“拖拉机”这种玩法儿中，这就是最大的牌了。但看起来老葛手中也有类似这样一组牌，他也相信自己最大，所以一个劲地往上压。我们每次玩的数码都不大，但遇到这种情况，虽然一次只压五块，可攀的次数多了，到最后摊牌的时候，也是不小的数目。

我说：老葛，还是算了吧？

他说：你大？

肯定是我大。我说。

但老葛不相信，他说不可能。他掏掏口袋，只有最后十块钱了。他全压上了。

我亮出了牌。老葛惊呼：真是你大啊！他的牌是三张老K。仅比我小一级。

老黄看了一下手机，说九点半了，算了吧。老葛不依。我知道，他是想捞回去，所以不好说什么。

老葛说：我去找单英要点钱。说完，他就去了酒店的厨房。但他很快就回来了，却是黑着脸。

要来了吗？老黄问。

老葛摇摇头：她说她没有，这死老娘们儿。

我借给老葛五十块钱。我说：老葛，别为这点小事坏了心情，也许单英真的没有。

老葛没说话。老黄却冒了一句：我说老葛，你和单英还是抱养一个孩子吧。都快四十了，没有孩子哪行。

老葛气鼓鼓地说：抱养个屁！

我和老黄都愣住了。老葛这才知道自己失态了，连说，接着打，接着打。

接着打，也是老葛输，他明显在走神儿，到最后把我借给他的五十块钱都输光了，还欠了我和老黄每人十来块钱。我们俩都说不要了。我又给了老葛十块钱打车，就和老黄先走了。老葛要等老婆单英忙完了一起走。

3

想不到第二天晚上，老葛又叫我们去打牌。这么连着打的时候还真不多，我想这小子是输急了，急着赶本儿呢。哪儿还用得着这么急呢，未免太没有风度了。

老葛家里乱糟糟的，不像往日，像遭了劫，可能单英没有来得及收拾就去上班了。我们就在客厅的茶几上打，老葛说，今晚玩个痛快，反正明天是星期天。我和老黄担心单英回来不高兴。老葛说，不管她。

奇怪，一晚上，都是老葛赢的时候多。到十点钟的时候，我和老黄很自觉地准备走了，老葛说不忙，单英不会回来了。

怎么啦？我和老黄都感到奇怪。

老葛说：是我把她打跑了。

在我和老黄面面相觑的时候，老葛去厨房拿来早就准备好的三瓶啤酒，一盘炸花生，一盘辣白菜。我这才明白，老葛叫我们来是想说说他的心事。

这就要回到昨天晚上打牌的时候。在喜园酒店，老葛有一会儿不是去厨房找单英要钱吗？那会儿偏巧厨房里就苗老板和单英两个人，老葛看见他们的时候，苗老板的手刚从单英的头上拿开，运行的余影还在。老葛的心忽悠一下子沉了下去，沉甸甸地坠着，但他装作没看见，对苗老板说：老苗，和我们玩两把吧。苗老板说不行，他有事马上得出去，还让老葛带着弟兄们好好玩。苗老板匆匆走出去，老葛总觉得老苗是心里有愧赶快溜走的。再看单英，也是灰溜溜的，拿着抹布东擦一下，西擦一下，在躲老葛的目光似的。老葛没吭声，一扭头黑着脸回到牌桌上来了。我们走的时候，老葛已经憋足了劲在等单英。夜里，他们一到家老葛就发作了，两人吵得一塌糊涂。看老苗不像那种人，谁知道也怀着一颗贼心呢，再说单英，脸上竟然没有一点反感的意思，就那么没有反应地受用了，这哪是良家妇女的做派？老葛想想就来气。可单英不承认，说她和老苗之间是清白的。头都摸了还算清白？你以为只有上床了才叫不清白吗？老葛对单英拳打脚踢起来。这回打得比哪回都重，单英在地上坐了好半天才吃力地站起来，捂着腰，瘸着腿，收拾了化妆品和几件衣服，打车去她姐姐家了。

老黄玩笑道：老葛，怪不得你今晚上老赢，原来是情场失意啊。

我们都说老葛不该打女人。这毛病可不好。他却在那里自言自语：离了算了，我不信找不着比她好的。

我说：你小子，你当离婚是上饭店吃顿饭啊，你以为你还能找个好的？哪有那么容易的事？再说单英……

我不知再怎么往下说了，因为单英也并非是完美的女人，单是生理缺陷就叫人无话可说。老葛好像也没听进去，因为他说：你们说，她怎么躲也不躲一下？眉都不皱一下？挺享受似的！

这话把我们都逗笑了，老黄说：你怎么这么钻牛角尖儿啊，不就是摸一下头嘛，说明不了什么，又不碍什么事。

不对，不是这么回事，你说我这次不教训她，下次她什么事干不出来？饭店那个地方，什么人都有。老葛仍不服气。

老黄说：她又不是那些刚工作的小姑娘，你用不着这样担心。

哼，现在的女人，没法说。老葛喝下一口啤酒。

我说：不管怎么说，你们之间没有原则上的大事，架吵了，日子该过还得过，明天去把单英接回来吧。

老葛很硬：不接。我已经跟她说过了，让她做好离婚的准备！

这是老葛个人的事，怎么做也是他的事，听说现在去离婚也不像过去那样一味地劝合，也有劝离这一说，可我们还想着那句老话，宁拆十座庙，不拆一桩婚。为了劝老葛，我和老黄都把自己拎出来做了教材。我说，老葛，其实谁家都吵架，我不相信这世界上有从来不吵架的夫妻，就看吵完了怎么收拾。不怕你笑话，有一回，我老婆把我一张很重要的票据弄丢了，我一急说了她两句，她不服就跟我大吵一通，还把自己关在屋里不出来。我做好了饭，去叫她出来，她装听不见。我说我错了，别生我的气，说尽了好话，她也不放个屁。后来，孩子趴在门上叫她，她倒是哄了两下孩子，但就是不出来。我那时玩心很重，就想出了一个鬼点子，我把一根水管接在水龙头上，另一头塞到她门下，往里边放水，反正地是水泥的，权当收拾卫生刷一回地了，这个办法真好使，她嗷的一声就开门蹿出来了。我和孩子笑倒在饭桌上。她知道自己上当了，上来捶了我一顿，一点儿都不疼，我顺势把她按在饭桌前坐下，这就没事了。

老葛笑笑，没有说话。

轮到老黄，他说我小子真有一套。他就笨多了。他和老婆吵架，不管谁对谁错，每回都是他认错，都是他装孙子才算完。有一回，他说，你们记得不？咱们打牌到早晨4点才散伙？我们都说记起来了。那次我回家可来罪了，老婆板着脸，不让我睡觉，一会儿让我下去买牛奶，一会儿让我做饭，又让我洗衣服，我困得要死，烦死了，就冲她发了通火，这下捅了马蜂窝，她坐在床上又哭又闹，一件一件历数我的罪状，还说下次我在哪儿打牌，她就去把牌桌掀了。我没办法，只好把我家的塑料搓衣板找出来，放在床前的地板上，主动跪了上去，这才消停下来。

哈哈哈……我们三个都笑了。我说：你看看，还说自己笨？老黄自嘲说：没办法，自己作践自己呗。

我们说这些的意思是要告诉老葛，大家的生活都差不多，就是老百姓常说的家家都有难念的经，不要老以为自己是天下最痛苦最烦恼的人，不要抱着一点事就不放，让他还是把心放宽些。

老葛摇摇头说：不一样，不一样，你们跟老婆吵架的性质和我跟老婆吵架的性质不是一回事。

我说：老葛，事情没有你想的那么严重。单英这个年纪的女人，都比较传统，这点事真的说明不了什么，你就原谅她这一次，以后好好过日子吧。

老黄又说了一句：老葛啊，说句不好听的话，咱这个岁数，别说是女人，就是男人，也折腾不起了，还是面对现实吧。

老葛叹息了一声，看着手中的啤酒瓶子，说他这回真的想离婚。

我和老黄对视了一眼。这半天，我们的话白说了啦。

喝完了酒，我们又继续打牌，天蒙蒙亮了才散。晃晃悠悠地走出老葛家，发现白天和夜晚交界的时刻是蓝色的，城市的静谧令人的感官非常幸福。城市原来也有这样安静的时刻，可多数人都在睡梦中错过了。

而单英，真的没有回家。

4

我和老黄商量过了，这段时间不再和老葛打牌了，让他多些时间处理好夫妻矛盾。他和单英这个样子，我们去也是玩得不自在。可才过了两三天的样子，他又把我们叫去了。他说他一个人在家看电视，太没意思。

我想这两天老葛的家里还不成猪窝了？单英不在，老葛不光是不收拾，还得使劲地造害呢，他可不是个利索人。不信就看吧，客厅的茶几上保证杯盘狼藉，烟灰缸满满的，地上都是杂物，厨房的水槽里，碗筷都在水里泡着，灶台上散着快餐面和咸菜的包装袋。没有女人的男人大都是这样过日子的。可事情大出我的意料，老葛家里到处干干净净、清清亮亮的。我说，老葛你什么时候变出息了，是不是有个仙女来偷着给你收拾过？

老葛说：扯淡，什么仙女？肯定是白天单英回来过。

老黄替他着急。老葛，你怎么还不把她接回来？

她又不是才结婚的小媳妇！老葛说。以前两人一吵架，单英都往娘家跑，父母死后，就往她姐家跑，每次都是老葛投降，去接她回来，这次，他决心不接！

我们又劝了一会儿老葛，并且帮他分析，单英回来收拾了屋子，是给他一个和好的信号，她大概是想回来，又不好意思吧？老葛应该抓住这个时机去接，她保证回来。然后正常地过日子该有多好，这样别扭下去要到哪天？人生就那么几十年，何必要别别扭扭地过啊？

我们趁热打铁，又给单英打了电话。我说，单英啊，你还好吧，别和老葛怄气了，他这个人，你也知道，驴脾气一上来什么都忘了。你就别跟他计较了，回来吧。

单英在那边没有说话。

我说：单英你在听吗？

单英还是不说话，却起了压抑的抽泣声。霎时间，我觉得单英这个女人也挺可怜的，命真不好，其实她比老葛还难。不管她和苗老板是不是有那么回事，都挺让人同情的。老葛不该吵着要离婚。单英也不应该放弃与老葛和好，她现在最好的出路就是保住婚姻。于是，我又说，单英，你再给老葛一次机会吧，其实他也后悔了……

单英突然不哭了，截断了我的话。她说：我再也不想忍受他了。

你的意思是……

单英又不说话了。难道这次她也想和老葛离婚？我真替她着急，我说，单英，你可别犯傻啊。她仍是不说话。我或许也可以把她的话理解为仍在赌气，是嘴硬。

我看看老黄。老黄郑重地把电话接了过去。他说，单英，我是老黄，我们都说老葛了，他做得不对，他以后会改的。你还是回来跟他好好谈谈，问题会解决的。不行的话，明天我们陪老葛一起去接你，然后找个饭店给你接风。怎么样？你说句话呀！

后来，老黄眨着眼看了看话筒，就放下了。我急忙问，她说什么？老黄摇摇头说，她说她的事不用咱们管，谁都管不了。

这时，老葛从卫生间里出来，还在拉裤门拉链。我们用遗憾的表情对着他。他的表情是一副无所谓的样子，他说他在卫生间都听到了。他说，你们别管了，单英也是犟脾气，她在她姐家还没住够呢。来，咱们还是打牌吧。

我们又开始打牌，也只能这样。

我们三个谁都不知道，这是这一时段我们最后一次打牌了。也许是因为刚才跟单英的通话不成功的原因，牌桌上的气氛不高。我们都打得很谨慎，谁也不冒险往上压大码。输的也是小输，赢的也是小赢。

到十点钟的时候，我们就收场了，因为不是双休日，明天还得正常起床上班呢。走之前，我们还抽烟喝水闲扯了一会儿。老葛又在羡慕我和老黄没有忧愁的日子，他说自己不知怎么就半辈子了，什么事也没做成，连最基本的孩子都没生出来。我和老黄又在劝他收养一个孩子，他说单英以前也有这个想法，是他不愿意，总觉得养一个和自己没有血缘关系的孩子是别扭的事。我说他是观念在作怪，那些抱错了孩子的，还不是养得乐呵呵的，关键是培养感情，没有感情，亲生的又怎么样？他说，不知道也就罢了，明明知道不是亲生的……老葛没有再说下去，我想他还是幻想着离婚再娶，生自己的孩子吧。我和老黄都说，等单英消气回来，我们负责这件事。这附近有个SOS村，孩子就到那里去选，保证给他们选个聪明漂亮的孩子回来。

我们还问老葛，想要男孩还是女孩？我们的建议是要女孩。老葛说，你们就别瞎操心了，赶快回家吧。

5

想不到，这都是空想了。

想不到，这以后，我们再也没有打牌。

因为单英自杀了。这次打牌的第二天，我们就接到老葛悲痛的电话。紧接着，我和老黄自己的生活也出了问题。

老黄说，他一直以为自己的老婆是耐得住寂寞的女人，他打牌多晚，她都不打电话催他，总是安静地在家里看着孩子写作业，在牌友面前给他留足了面子。谁知道，她跑到网上谈恋爱去了！在网上谈了还不够，还把那些让人肉麻的话打印出来，慢慢回味。老黄说：这娘们儿，气死我了！这么大岁数了，怎么还不死心？

我宽慰他说，网上谈恋爱都是寂寞撒的谎，她这个岁数不会去跟网友见面的，她不是还好好地待在家里吗？可我老婆呢，跳了一夏天的舞，开始在露天广场跳，我也没在意，我老是在外面打牌，也得让她有点乐子吧？可到了秋天，她就跑到舞厅去跳了，还有了固定舞伴。有天晚上，我在外面喝酒回到家里，老婆已经出去了。我接到一个电话，对方是个男的，上来就说：你怎么还没出来啊？我说：什么？对方啪的挂断了。这绝不是一个打错的电话，因为他叫了我老婆的名字，叫得很亲热。一想到他们搂搂抱抱的样子，我就恶心！

我还不知道该怎么处理这件事。每隔几天的晚上，我老婆还去跳舞，说是和女朋友去。我并不揭穿她的谎言。我坐在沙发上胡乱地换着电视频道。有个电视剧，是那种青春偶像剧，一对恋人因为误会在闹别扭，在痛苦，但我还是觉得他们让人羡慕，年轻多好啊，一切都可以从头来，有滋有味。还有个电视剧，是一对夫妻在冷战，是男人有了外遇。下一个频道的电视剧又是孩子是不是野种的问题，要做DNA鉴定。都是什么乱七八糟的，生活到了什么份上，这个世界怎么啦？到处都是痛苦，躲都躲不掉，你不找它，它还要来找你，人活着，真他妈的累！不如看看足球，那就跟看人生差不多。可是体育频道上没有足球赛，在放一个网球赛的录像。我就关掉了电视。

这样的时候，我就想起老葛。出事以后，他很痛苦，说不该跟单英提离婚的，说那天晚上他打完她，她的心就已经死了。我相信老葛不是装的。他现在的日子过得乱七八糟，到处蹭饭吃，身上还有一股怪味儿。头发白了差不多一半儿了。

我们很快就知道，单英是跳海自杀的。她没往远走，就在港口附近跳了下去，被救上来时已经呛死了。那儿的水很脏，而且秋夜里，水也很凉了。她是怎样挣扎的呢？我们算了一下时间，那个时候我们正在打牌呢。

真的不知道，我们什么时候还会凑在一起打牌。

断　手

下了汽车，女人又跟着男人走了很远的路，才来到乡里。

他们一边一个，各走各的路，没有互相看一眼，也没有说一句话。从山东老家到铺雪的东北，三天的路程，经过步行、汽车、火车再汽车、步行的程序，他们竟没有拉一下手。

男人穿一件蓝色的棉大衣，两手戴着线手套，摇摆着两臂走着。他闯了几年关东，回老家探亲顺便找媳妇，有人就介绍了她。她觉得男人长得黑了点儿，不过个子不矮，眼睛挺大。男人对她是百分之百地满意，见面的第二天就领着她去县城买了东西，也是这样分开走着，不看她，不来拉她的手。她也没觉得有什么不好，她也不好意思呢。

女人跟着男人走在白色的世界里，脚下咯吱咯吱响着，总算到了一座屋子前。他打开了屋门，自己先进去了。女人犹豫了一下，才抬脚跨进黑洞洞的门。她发现她一进门就站在了厨房，面对一个土锅灶和一个红砖砌成的火炉。她走进里间，男人正将肩上的大包裹卸在炕上，长长地舒了一口气。

男人开始忙活，他将一些豆秸、干柴和煤块儿依次放进炉膛，点燃了火，又抱回一些木柴放进灶膛，也点燃了。女人站在一边看着，一会儿就听到了灶膛里噼噼啪啪的声响和炉膛里轰轰隆隆的响声。这时，男人松口气，又走进里间。女人也跟进去。男人如释重负地坐在炕沿上，摘下手套，说，我得把这只手摘下来了，可累死我了。

女人吃惊地倒退一步，以为自己听错了，手怎么可以随便摘下来呢。她盯着他的动作。男人撸起棉袄袖子，果然用自己的左手摘下了自己的右手，“呱达”一声扔在炕上。她惊叫了一声，退到墙角，墙角挂着一些晶莹的冰霜。她感到自己的脸也结霜了，冰凉冰凉的。

男人并不在意她的惊叫，嘿的一笑说，我原来有手，在公社木材厂干活叫火锯吃了，公家出钱给我装了这只假手，以后可不戴这假东西了，真是累赘。女人看着炕上的假手，五指朝天，一动不动，又看看他空空的袖口，眼泪终于滑下冰凉的面孔。她这才明白，他为什么一路上一直戴着手套，她悲愤地说了一句，原来你是个残废！然后放声大哭。

男人看了女人一眼，再没说什么，表情平静地去了厨房。女人便扑到冰凉的炕上继续哭着。渐渐地，炕热起来了，屋子里有了暖和气儿。女人哭累了，坐在炕上出神。不知过了多久，她听见他说，吃饭了。她抬起头，见他把一个小方桌放在了炕上。他炒了一盘白菜，一盘他们刚从老家带来的花生米，他还烫了一壶酒。女人再一次吃惊了，他一只手是怎么干的这些活？她呆呆地看着他右面的空袖口，他却没有动用他的残肢，而是用完整的左手坦然地喝酒夹菜，吃得很香。男人对呆坐的女人说，你总得吃饭啊。她听了他的话，反而又哭了。他见她又哭，就再也不说什么，一个人闷闷地喝酒，直喝到天黑了，倒在炕上睡着了。男人的鼾声张扬地响了一夜，很有大功告成的意味儿。女人悲凉着，坐了整整一夜。

女人第一次出门，就听到村里有人议论她，是得了一大笔钱吧，要不这么俊的一个大姑娘，怎么愿意跟了一个“瘸胳膊”呢。女人开始咒骂男人：我是个睁眼瞎，白长了一双眼，怎么就没看出你拿个假蹄子糊弄我？他们开始吵架。

某个深夜，人们听到山上传来一个女人瘆人的哭声，男人带着一帮人，在一棵树下找到了他的女人，女人手里拿着绳子，正准备上吊。

没死成，日子又挨了下去，毕竟男人什么都没耽误，他用一只手刨地，用一只手劈柴，一只手扶着扁担挑水，只有在抽烟的时候，用那个断臂茬儿压着纸卷儿，再用那只完整的手装上烤烟，飞快地卷起来。男人做什么都不比别的男人差，甚至别的男人做不了的事他也能做。他也没耽误床上的事，让她一连生下了两儿一女。

某年，女人的娘去世，女人带着最小的孩子回去奔丧。在老家住了一个多月，男人沉不住气了，来电报催她回去。女人不想回，因为还在打光棍的表哥来看她，说早就看上她了，还没说出来她就去东北了。爹看出了端倪，黑着脸说，你是人家的人了，有了人家的孩子，你得回去。女人还是回来了。

女人和男人打打闹闹的日子又接下去了。其实他们的家并不缺少什么，别人家什么样，他们家也什么样，一只手的男人撅着屁股吭哧吭哧给两个儿子盖了房，娶上媳妇。可闲着的时候，女人仍是看着男人的空袖口发呆。

男人后来得病死了。死前，男人用另一只手拉着女人的手，断断续续说了三个字。男人说：对——不——起——

女人听了，又哭了。这三个字，女人等了一辈子。

乡里不让土葬，儿子要把男人拉到县城去火化，临行前，女人想起了什么。她翻箱倒柜，找出了男人的那只假手，牵起衣襟擦了擦。女人慢慢地，将它套在了男人的残肢上……

畜　语

在我们羊庄的历史上，小老羊是一个特别的人物。

小老羊能被今人所知，得益于我们羊庄的文化人梁月昌的挖掘。老梁到城里做了文人后，时不时的还回羊庄转转。羊庄没大变化，依旧是人、动物和植物在一条生物链中循环，有所不同的是，动物的比例大大地增加了，它们主要集中在大老解的养殖场。

老梁每次回来，都到大老解这里蹓蹓，打小一起长大的伙伴，都不见外，老梁要坐要站随便，大老解该忙就忙。有一次，大老解正用铁锨追打一只拼命叫唤不好好吃饭的猪，老梁忽然想起了小老羊。

“老解，你知道咱庄上从前有个光棍儿小老杨羊吗？早几十年就作古了。”

“作古了，我上哪儿知道去？怎么啦？”

“我也是听老人讲，他懂牲畜的话，知道牲畜的心思。谁家的猪在圈里没白没黑地嚎，他去一听，说猪圈墙里有块黑石头，猪见了害怕，搬走就好了。那家人就搬走石头，猪果然不叫了。谁家的小马驹病了，他去听听，摸摸，就知道是小马过河时，从桥板上掉进河里受了惊吓，又叫凉水一激，有点吃不消了，说弄点什么草喂一两天就没事了。那家人乖乖去办，果然灵验……”

大老解打断老梁：“扯淡，谁能听懂畜生瞎叫？那人肯定懂点兽医。”

“小老羊……”

老梁本想讲讲小老羊的故事，可大老解请的兽医来了，他不想添乱，悄悄走了。老梁想告诉大老解，小老羊真不懂兽医，旧社会那会儿从外地来到羊庄，给有钱的人家干活儿，也就混个肚子饱。据说他整天蓬头垢面，衣衫褴褛，不喜欢两条腿的人，专爱亲近四条腿的和带翅膀的动物，哪里有猪马牛羊，阿猫阿狗的，就往哪里凑，尤其与羊要好，再加上他身材极瘦小，面相却很老，人们就叫他小老羊了。老梁相信老人们不会瞎说一气，可羊庄的人都当故事听过拉倒了。

老梁是想让大老解学会与动物沟通，那猪叫得那么可怜，老解却拿着铁锨硬拍，太粗暴了。听老人们说，小老羊养过一条牛，合作社的时候入了公，却没有人能使唤得了，拉犁时怎么用鞭子抽也不走，倒往相反的方向使劲挣。小老羊来了，什么也不说，只是在牛背上轻轻地一拍，牛就顺从地往前冲去。社里的人认为谁养的牛，牛自然听谁的，小老羊说：“你只要不用鞭子抽，它也自然听你的。”这话听上去简单，却颇值得玩味呢。

所以老梁再来养殖场，一心要把小老羊的故事讲完。小老羊养的鸡，只要他一吹口哨，立马从地上飞起，钻进他的篮子里；小老羊的山羊会表演算术，猫呢，会钻罗圈，能跳火堆；小老羊经常坐在村口，与一只小狗下象棋，棋盘摆好，只要他先走一步，小狗便将一只爪子按在一枚棋子上，向前推，直推到他的老将旁边，嘴里还发出类似“将、将”的声音，一声高过一声，急赤白脸的，把围观的人笑个半死。老梁相信，这些有趣的事，大老解定能听得入心入神。

可是，大老解在和雇工一起杀猪呢。还是土法杀猪。一刀捅上去，猪叫得人直打激灵，头皮发麻。老梁观察了一下猪舍，一面是砖土水泥结构，另一面是钢筋护栏，屠宰现场就在附近，透过栏杆空隙，同类的遭遇一览无余，猪们不安地走动着。老梁顾不上讲小老羊，而是提醒老解：“你这样杀猪不人道呢。国家现在提倡人道屠宰，杀猪要先用电棍电昏了再杀，15秒内，也不能让圈里的活猪看见。”

大老解边忙边说：“老梁你识几个大字回来穷甩，猪就是杀了给人吃的，怎么杀还不一样？”

老梁只好从经济效益的角度诱导大老解：“你知道咱国家的猪肉为什么不能出口？就因为宰杀不合人道。像你这样杀猪，猪又怕又痛苦，立马就产生毒素，肉发白发软，口味也差。人道一点杀，不是卖得更好？”

“去你的吧，老梁，咱这小地方，谁讲究这些？怎么得劲怎么杀就行了。”

大老解才不管这一套。有一次老梁来，发现大老解改养狗了，杀了往城里的狗肉馆送，说养猪不挣钱。大老解自己也爱吃狗肉，和杀猪一样，当着狗的面杀狗，一点也不讲究。后来他还养貂，就那样活着剥貂皮。老梁看着那血淋淋的场面，又想起了小老羊。有一年春节，邻居老太太给小老羊送来一个烀熟的羊腿，她不知道小老羊不吃肉，什么肉都不吃。结果小老羊与他的山羊隔桌相对，共同看着桌上的那块肉，小老羊呜呜哭，山羊咩咩叫，一样地眼泪汪汪。老梁想给大老解讲讲小老羊的慈悲和善良，怕大老解多心，就没张口。

2007年正月十四，老梁来羊庄走亲戚要回城之前，又来看大老解，腊月里大规模的屠杀过后，养殖场甚是安静。两个老伙伴聊了一气。老梁终于为大老解讲完了小老羊的故事。故事的结尾是：小老羊孤独地老死在住处，羊庄村长的窗前不知打哪来了六只羊，咩咩咩凄惨地叫。村长出来赶走了，可刚转身进屋，六只羊又回来，齐齐地哀叫，村长又出来赶，还纳闷谁家的羊没看好，跑出来这老些？如此三番五次地重复，村长一拍脑袋，想到了小老羊，莫非……村长去了小老羊的草屋，安葬了他。

大老解叹息道："真有这样的人？我要有小老羊那本事就好了。"

离开的时候，老梁说："天气预报说明日要坏天，你可得防好了。"

正月十五夜里，百年不遇的风暴潮给羊庄带来了灾难。大老解的养殖场被恐怖的狂风暴雨撕得稀巴烂，他养的那些兔子和貂都跑得精光。第二天早晨，人们在养殖场废墟上发现大老解的尸体，已经血肉模糊，伤口有撕痕，周围还有几只狗在流连。

老梁听到消息，深叹一声，无语。

第三辑

瓜娃看世界

瓜娃看世界

很长一段时光里，瓜娃并不知道自己眼睛看到的，与别人有什么不同。那时，她还没有被人叫作瓜娃。那时，山就是山，河就是河，村里的牛就是牛，狗就是狗，路上的大伯是大伯，婶子是婶子。她是家里不受待见的女娃子，有个土气的名字，有一张爱说话的嘴。

可是，瓜娃上小学一年级的时候，黑板上的字却不是字。

女教师好看的手，一下一下滑动着，从左移到右，留下的却是一片白花花的雾。女教师的教鞭一指："上、下、日、月。"她张大嘴跟着念："上、下、日、月。"可是，上是天，下是地，在黑板上是没有分别的；日和月，一个是白天，一个是黑夜，在黑板上也没有区别。

"我看都一样。"她回答女教师的提问，惹来一片耻笑。

关于她的评价在村里流行开来。村里的孩子们都说她是傻瓜，父母也说，怎么到了这时候才发现她是个傻瓜。"瓜娃"这个外号，也流传开了，除了老师，没人再叫她那个土气名字了。

瓜娃越发地"瓜"了，嘴巴仍是爱说话，在路上，远远见了本家的大哥，她却喊起"大伯"来，见到一个该叫作姑姑的女人，却亲热地喊人家"奶奶"。辈分都搞不清，不是"瓜"是什么？学习成绩也不好，不是"瓜"是什么？

孩子们不跟瓜娃一起玩儿，瓜娃懂得自卑了。下了课，她一个人待在教室里，趴在窗口看操场，看同学们游戏，又忍不住搭话，却把同学甲叫成了同学乙，再遭一顿嘲笑。这天，她感到无趣，在教室里晃荡，发现女教师把眼镜落在讲台桌上了。她早就对那个闪着白光的镜片充满好奇，她走过去，小心地拿起，学着老师的样子，戴在自己的脸上。

猛然间，什么东西都跳到了眼前，课桌像小动物一样冲过来，教室的后墙往前移了，教室外面的远山近了，由一脉绿带，变成一棵棵树。瓜娃转动方向的时候，一切都跟着晃动。她看世界看了那么久，头一次，她眼中的世界是这样的。她不敢抬头看天，她怕一看，天会塌下来。她被吓到了，哇地大哭起来。

女教师牵着瓜娃的手，去了瓜娃的家里。她要求瓜娃的父亲带瓜娃去县城配一副眼镜。

于是，瓜娃戴上了眼镜，还是金框的，她觉得好看，美得不行。瓜娃成为村里第一个戴眼镜的人，还是个女娃。女教师是乡里派来的，不作数的。

瓜娃戴着眼镜，战战兢兢地走路。她终于明白，过去，她眼中的世界是远的，小的，模糊的，眼镜中的世界才是准确的世界，据说这才是真实的。山还是那山，河还是那河，牛还是那牛，狗还是那狗，人还是那人，可在她的眼镜里却是不同了。黑板上的字不再是白雾，黑的板，白的笔，一笔一划清亮亮的，这是她最高兴的。她还不太习惯这个清晰的世界，可没想到，清晰却让她变得聪明了。从此，她再没有把“大哥”认作“大伯”，把“姑姑”喊成“奶奶”。她的学习成绩也好了。

村里的人没有发现瓜娃变聪明了，都喊她“瞎子”，父母也没发现她变聪明了，说她是“残废”，是“累赘”。正好，她还不习惯戴着眼镜走路，老觉得地高了，腿长了，一闯一闯的。除了上课，她不愿再戴眼镜了，老觉得脸上多了样东西，压得鼻梁骨酸痛。女教师对瓜娃说：“你不是残废。人都不是完美的，我们的鼻子赶不上狗的，我们的眼睛赶不上老鹰的，我们的耳朵赶不上盲人的，所以要借助一些外在的东西来完善自己。”

瓜娃听从了老师的话，从此就戴着眼镜，却再也摘不下来了。既然看到了真实的清晰的世界，就再也不愿意迁就模糊的。

瓜娃现在是县城里的医生，这个职业让她更加懂得人的有限，人要借助一些东西才能实现某种目的，医生就是借助药品使病人恢复健康，借助手术祛除病人的痛苦。她庆幸当年的好奇，戴了老师的眼镜，了解了自己，明确了身边的世界。她在大城市上大学的时候，看到过更远更宽广的世界，因而，她选择回到家乡的县城当医生。

面　相

她们按照村口大榆树下洗衣女人的指点，从拖着车辙的大路上下来，岔上进村的黏土小路，停在道北第一户人家那扇破旧歪扭的院门前。

“就是这儿吧。”大凤踮起脚尖，向院里张望着。

小凤抹了下脸上的汗，一样张望着，表情是肯定多于犹疑：“我想，就是这儿。”

大凤说：“我咋觉得这地方有点熟悉呢？”

“你说什么呢，咱们第一次来。”小凤白了一眼大凤。

她们看到，这家的菜园里也一样是色彩零乱，红的绿的紫的，涂满了夏天的绚烂，因为那是些家家都会种的茄子、辣椒、豆角、西红柿什么的。房子嘛，已经破旧了，木质的窗框已经灰白了，屋顶上是发黑的屋瓦，而不像有的人家的屋顶，是闪着阳光的白铁。屋门完全敞开着，黑洞洞的门内，静悄悄的。这静，让姐妹俩心里都敲起了小鼓，不免互相望了一眼，目光盯在对方一模一样细窄的眼睛上。彼此的眼睛再次提醒彼此，她们为什么来这里。她们的确从石门子乡镇来到了这个叫作团结的大村屯，而不是梦游。

一模一样的还有：白底加粉色碎花的衣服，蓝色的牛仔裤，红色的塑料凉鞋，有点发黄的板凳式短发，弟弟铁蛋儿说她们那是灶坑门头。她们料定这房屋的主人天塌了也不会想到，两个一模一样的人会出现在面前，会有一种突兀的联系。而村口树下那个洗衣女人，这会儿大概正一边搓洗着脏衣服，一边还在琢磨，这一对双儿姑娘与胡三儿到底是什么关系呢？她们跟她打听胡三儿的住处时，她问她们是胡三儿的什么人，她们说是亲戚。那女人就拧起两道浓黑的眉毛，用好奇的目光研究起这对姐妹的脸来。大凤拉着小凤赶快逃开了。

大凤又望了一眼那个黑邃的屋门，有点胆怯了。“我看咱还是走吧。”

小凤锋利的目光在大凤的脸上抹过。“你别那么没出息，都已经来了，不能白跑一趟吧。走，进去！”

院门没有关，小凤在前，大凤紧随其后，她们摆出若无其事的样子，走进院内。一只长着花纹和斑点的褐色大鹅，高昂着脖颈，啪啪啪踏过一个小污水坑，用喑哑的声音朝着陌生人嘎嘎叫。屋内，一个男人懒散的声音传来：“谁啊？”

姐妹俩吓了一跳，停下脚步对望着，一时不知如何回答。两人的脸都是通红的。

男人拄着一截柞木棍子出现在门口，发黄的白背心和破旧的灰裤子，使他显得无精打采的，看样子刚从午睡中醒来。他个子偏矮，光着两个脚板儿，右脚上裹着已经发黑的纱布。姐妹俩被他的拐杖和脚吸引了目光，这可是她们事先没想到的，她们讨论猜测过他的种种样子，但怎么也没想到，他会以这副猥琐的鬼模样现身。

他完全清醒了。“你们找谁？”

这声音又把她们的目光牵拉到他的脸上。天呀，黝黑的脸又扁又平，在上面三分之一的地方摆放着两只眯缝眼儿，像是老天忘了让他长眼睛，是后天拿刀随便划开的，几乎看不到他的眼珠儿。多么丑的一张脸！根本不用费口舌问他是不是胡三儿，他就是胡三儿，不是他是谁？事先她们猜到了，他的眼睛一定很小，是单眼皮，可怎么也没想到，会小到这个份儿上！

小凤猛然移开目光，去看那只已经安静下来的大鹅，表情上泄露了极大的失望和一丝痛苦。大凤愣愣地看着男人，不知该如何反应。西斜的太阳不那么刺眼了，他仍是眯着眼看她们，那表情是在研究判断这两个女孩是不是双胞胎。

大凤不满小凤的沉默，只得自己救场。“我俩听说团结这地方好玩儿，跑来看看，能给点水喝吗？”她捅了一把小凤。

“哦，进来吧。”

男人转身，点着那截棍子一瘸一拐走进屋内了，姐妹俩跟进去。立刻，她们闻到一种夏天特有的潮湿的土腥味，是脚下光裸的地面散发出来的。从开着的门中，她们发现东西两间屋的地面铺着砖，但也脏得只看得出砖形而不见颜色了。她们来不及交流，但知道彼此都在眼观鼻吸，寻觅体味她们出世前与这房屋的联系。

男人在一条长板凳上坐下来，朝水缸扬了一下下巴。“喝吧，水有的是，随便喝。”水缸里有大半缸水，上面漂着一个深褐色的葫芦瓢，缸沿上布满黑色的污垢。

大凤一口气喝了小半瓢，抹了下嘴，把水瓢交给小凤。男人随意地坐在那里，看着两个女孩。等小凤喝完水，男人说：“坐下歇会儿再走吧。这地方有什么好玩的，要玩去绥宁县城玩儿。”

小凤这会儿镇静下来了，和大凤坐在另一条长板凳上，伸直了腿对那男人说：“去绥宁不得花车费吗？到团结来近便。”

男人把放在板凳上的拐棍儿往旁边挪动了一下，让自己坐得宽敞舒服些，显出对两个女孩的兴趣。“你们从哪个村来？”

大凤冲口而出：“石门子。”

“石门子？噢，石门子。”男人若有所思。

小凤在心里怪大凤傻乎乎的，这么快就暴露了来处，赶快把话题岔开。“你的脚怎么啦？”

男人低头看看那只伤脚。“我去砖窑干活儿，倒了一摞砖，砸的。”

大凤问：“你有老婆孩子吗？”她早就看到，这家的锅里有半锅脏水，里面泡着盘子、碗和刷帚。这个问题也是姐妹俩在来这里之前多次猜测过的。他有老婆孩子吗？这一点很重要。

“有啊，我有三个孩子，两个儿子在砖窑干活儿呢，一个女儿还在上学，放假了，跟她妈下地干活去了。我的脚坏了，哪也不能去，闷死了。”他低头看他的伤脚。

大凤看一眼小凤，将她的失望传递过去。小凤厌恶地瞥了一眼男人的脚，那只伤脚上的药布简直就是一块脏抹布，而另一只脚呢，大脚趾出奇地大，二脚趾又出奇地长，同样丑陋。她可不想给他什么同情，故意视而不见而言其他。“你们一家一直住在这房子里吗？”

“是啊。”

“你和你老婆一直住这儿？”大凤忍不住再问一句。

“啊……当然……”男人好像不愿多谈家事。“你们这两个小丫头，怎么净唠大人的嗑儿？你们多大了？”他又用研究性的目光上下打量着这两个女孩儿。

大凤说：“十五了。”她看了一眼小凤，觉得这话没什么不妥，小凤太爱兜圈子了。

还好，小凤没什么反应。那男人倒是突然抬了一下眼皮，好像重新调整焦距，开始好好看这两个女孩。看大凤一眼，再看小凤一眼。他笑笑。“你们谁是姐姐，谁是妹妹？”

小凤抢着说：“你猜？”

男人左看看，右看看，摇摇头。“我看不出来，你们的爸妈能分出来吗？”

“我们的妈能分出来，我们的爸分不出来。”大凤说。

“为什么？哦，可能男人粗心吧？”他自问自答，脸上笑眯眯地。

“可能因为……”大凤又看一眼小凤，用一只手拢着嘴贴着小凤的耳朵说：“赶快问他那件事，一会儿太阳下山了，咱们得早点打算。”

“你别管，我会问。”小凤搡了大凤一把。

男人饶有兴趣地瞧着姐妹俩。“你们说什么悄悄话呢，看起来你是姐姐。”他冲着小凤说。

小凤没理他的话茬儿，突然问道：“我俩一会儿就回家，你知道去石门子怎么走吗？我俩想不起来了。”

“噢，你们出村上大道往北走，在大榆树那拐弯儿，再往西走。到石门子有十几里路呢，歇会儿你们就赶快走吧，要不天黑到不了家了。”

男人似乎对她们失去了兴趣，摸起身边那截木棍，站起来走进里屋去，又端着一个旱烟盒子走出来。他在板凳上重新坐下，把那根拐棍儿斜搭在板凳上，不慌不忙给自己卷了一支烟。

姐妹俩对望了一下，大凤使了个着急的眼色。小凤仿佛下了一个决心。“你去过石门子吗？”

“当然，谁没去过石门子？绥宁我都去过。”男人划着火柴点上了烟，又摇灭了火柴。

大凤问：“你在石门子有认识的人吗？”

男人喷出一缕烟雾，凝神想了一下。“没有……也算有吧。”

“有，还是没有，你说说嘛。”小凤的目光逼着他。

“你们这两个小丫头，干嘛老打听大人的事？”

男人不上道儿，眯起眼睛又吸一口烟。小凤只好追问：“我们石门子有个女的，姓周，十五年前也在团结住过。你认识吗？”她盯着男人看。

男人愣了一下，赶快低头猛劲吸烟。然后，他看着地上的一根小草棍说：“认识，听说她跟一个三十多岁了还打光棍儿的齁巴儿结了婚，这些年她过得怎么样？”

大凤说：“我看不怎么样，两口子老打架。”

“那就对了，那女人就爱打架，跟原来的男人也打。你们知道吗？

她跟原来的男人动手的时候，手指都扭反了，指肚朝上，她又一把扭回去了。”男人像在讲别人的笑话一样轻松起来，用左手的拇指和食指对着右手的中指做了一个旋拧的动作。

小凤一刀插过去：“那男人就是你吧？”

他正想再抽一口烟，看到小凤不太友好的眼神，身体哆嗦了一下，手停在半空中。“你们俩……”他警惕地看着眼前的两姐妹，摇摇头，自言自语：“不可能，不可能，怎么可能呢。”

大凤乘胜追击：“那时她怀着孩子，你怎么把她赶出了门？”

男人猛地站了起来，竭力将细窄的眼缝儿张得开一些。“你们……小丫崽子，你们怎么知道这些？”

小凤冷笑一声。“石门子的人谁不知道，她是挺着大肚子来的。她结婚三天回门的时候，在娘家生了孩子，先头生了一个丫头，没有两分钟，接生婆吓了一跳，说妈呀，怎么还有一个？扯出来一看，也是个丫头。”

“你们……不可能，她……她……怎么生了一双？”男人的屁股突然变成了一个大铅块，他墩坐回板凳上，呆望着她们。

“你好好看看我俩，”小凤继续说，“你去拿镜子来看看你自己，咱仨的眼睛是不是一个样儿？模样是不是一样？”

男人盯着她们，认真地研究起姐妹俩的面相，然后叹息一声，苦着脸，低头坐在那里，指间的烟兀自烧着。

大凤小凤也静默了。下一步怎么办？一时还不知道。她们一样的姿势，伸直了腿，低头坐在板凳上。十五年来，她们俩也一起经受着同样的烦恼，那就是母亲和继父的争吵。也不知他们有什么可吵的，三天两头地吵，吵到嘴巴不够用的时候，父亲抱起桌上的暖水瓶就对着墙上的镜子砸去，咔嚓一声，什么都碎了，稀碎的，无法收拾。母亲则抱起一摞饭碗，运足了气，猛摔到地上，那规模，那响声，一点也不含糊，一地碎片，最完整的一个碗也是两瓣的。过后，母亲再去供销社买碗，她自己一个，大凤小凤各一个，弟弟铁蛋一个，她就买了这几个。吃饭的时候，继父在饭桌前坐下来，气鼓鼓地瞪起牛眼，对大凤或者小凤说，去，给我拿个碗。他常常把她们弄混了。大凤或者小凤找了半天，只拿回一个铝饭盒。母亲坐在那里，耷拉着小而薄的眼皮，自顾吃饭，绝不抬一下眼。

这个家里好像分了两个阵营，一头是势单力薄的继父，一头是母亲和三个孩子；一头是孤单的大公鸡，一头是母鸡领着一窝小鸡崽儿。

也不是有什么不对头的事，让大凤小凤犯起猜疑，而是缘于父母的争吵，她们在这个暑期终于弄明白了一个事实——她们喊了十五年的爸爸不是亲生父亲！他那暗黑的皮肤和"吱吱"地拉着弦儿像藏着一只小鸟的气管儿，令她们烦透了。

两个女孩呆愣着，互相望着对方的眼睛，继续倾听父母的对骂。

那两个人从她们出生不久就开始吵了，有句话说了多少次了，这个夏天他们也热昏头了，忘记两个女孩放假了，就在院子里喂牛呢。男的吵不过女的，那句他在争吵的时候重复了多少年的陈旧台词又冲口而出：把我的孩子留下，你领着你的孩子走！女的说：走就走，你把大哥叫来说道说道我再走！男的就没有下文了，因为每次大哥来把他训斥一顿，日子就又过下来了。

两个女孩躲到房山头的阴影中嘀嘀咕咕。"怪不得咱俩跟铁蛋儿长得一点都不像！"小凤说。

大凤说："可不，他和爸一样，是牛眼，咱俩是小眯缝眼儿。"

"咱妈的眼不大，可也没眯缝啊。"小凤又说。

"这就是说，咱俩长得像那个人。"

小凤同意大凤的判断。这回她们可有事干了，她们隐匿着内心的羞耻感，张着耳朵，到处探听跟她们身世有关的一切事，从人们的眼神和窃语中，搜罗事实真相的蛛丝马迹。十五年前，她们叫作"爸爸"的那个人从关内来东北一个小乡镇已有些年头了，一直没有找到对象，他那吱吱作响的气管儿，谁家姑娘听了都躲得远远的。但他的大哥和伙计们不气馁，终于在他三十多岁的时候，给他张罗了一个刚离了婚且大着肚子的女人。一个哮喘病人，还有什么资格和理由挑剔女人呢？而一个大着肚子急于要找个落脚点的女人，也没有资格更没有时间挑三拣四的，他们见一面就定下了，人们就给他们张罗了一场简单的婚宴。现在看，事情跟她们了解到的没有什么出入。就是那么回事。

大凤小凤在来的路上还商量过，要不要留在团结这个地方不回家了，何必让那男人发脾气的时候往外赶呢？她们讨厌大人的争吵，厌恶继父那病歪歪的样子和他满口不好听的话。可她们看到的情况不太妙。

大凤捅捅小凤的胳膊。小凤看了一眼大凤。她们又同时去看那个男人。

男人一脸郁闷，把烟头扔到灶门口，吐出嘴里的一点残渣，突然说道：“你们快走吧。”这冷硬的声音摧毁了孩子们的幻想。

姐妹俩愣了。这就是他想说的话？从没见过的女儿已在眼前，他不想认吗？她们努力在他的脸上寻找着，上面没有内疚，也没有歉意，他不关心她们在石门子过得好不好，不管她们将来怎么样吗？

他不再对她们笑。他板着脸说：“我老婆和孩子就要回来了。她不知道你们的妈跟我离婚的时候，怀着孩子，我不想让她看到你们。你们还有两个哥哥，算了，还是不见吧。”他抓起那根柞木棍子，拄着站了起来。

两个女孩坐着不动。小凤仰起脸问男人：“你不给我俩点钱吗？”

“是你妈叫你们来要钱吗？这个臭老娘们儿！”他的眼睛缝隙又拉开了些。

“你别冤枉她，”大凤说，“谁都不知道我俩跑这儿来了。”

“快走，我没钱，我的脚坏了都没钱治。”他把木棍在伤脚旁边点了点。

小凤恨恨地站起来：“你真是个死爹！我俩就不该来找你！”

男人点着脚往前迈了一步。“你们这两个死丫头，谁让你们来的？”他的脸上现出了凶相。

大凤再也坐不住，站起来拉小凤的胳膊。“小凤，咱走吧，不跟他掰扯了。”

小凤甩开大凤。“今天不走了，十五年没管过咱们一天，还不让咱在这吃顿饭吗？”小凤又坐回长板凳上，拉开架式瓷实地坐着，扭头看着屋外，那只大鹅正蜿蜒着脖颈，黄色的扁嘴一下一下衔拧着蚂蚱草。

男人缓和了一下表情，又往前点了一步。“我说，你俩赶快走吧，回家去，我真管不了你俩。”他一只手拄着棍子，另一只手来拉小凤。

小凤厌恶地推开了那只手，但那只手又不识趣地伸上来。小凤呼地站起来，本能地保护自己一般，当胸推了男人一把。“别碰我！”

男人没料到这一手，扑通一声坐了一个屁股墩儿。他揪起眉头，皱起鼻子。“死丫头，看我不打死你们！”他吸着气拿起了棍子。

“快跑！”大凤拉起小凤跑出了门。

大鹅的惊叫声送她们出了胡三儿的院门。一个中年妇女和一个十六七岁的姑娘扛着锄头正要进院子，两人惊愕地看着姐妹俩冲出来。姐妹俩停下来，看了她们一眼，又继续往大路上跑。

小凤说：“你发现没有，那小姑娘跟她妈一样，都是三角眼儿！”

“嗯，一看就是个拖油瓶！”

天黑透了，她们壮起胆子走进她们生活了十五年的院子。暗黄的灯光从窗玻璃和开着的屋门透出来，大块小块印在地上。

要不是两人在乡路上采了一阵野玫瑰花儿，讨论了一气那个男人，因而忘了脚步迷了路，太阳落山的时候，她们会到家的。何况，两人在歧路上又吵了一会儿架。她们心情不好，互相埋怨。小凤说，你咋不看好路呢，我往哪儿走，你就跟着往哪儿走？大凤说，是你起头要去团结，怎么样？白跑一趟吧？才不白跑，看到他那个死样子，我以后再也不想见他！我也不想再见他！在这点上，姐妹俩取得了共识。

她们听到那两个人又在吵架，继父的声音从厨房的角落里传出：“这两个死孩子，大哥家，三弟家，我都去找了，都没有，等我想起来上哪儿找她们再去找吧。”母亲的声音伴着锅碗瓢盆的碰撞：“是啊，你慢慢想吧，你是不会着急上火的，要是铁蛋到现在还不回来，你早急了不是？”“谁说我不急，我要找着她们，非砸断她们的腿！”

“你敢！”母亲端着一盆洗碗水一步踏出来，哗的泼在院子里，姐妹俩惊叫一声，脚湿了。母亲一愣，骂道：“你们这两个死孩子，野到哪去了？还知道回来！”

姐妹俩不理母亲，径直进了屋门。她们叫了十五年的爸正坐在墙角的麻袋上，脸色更加的黑暗，他把牛眼瞪圆了，吼着声，喘息着问：“你两个跑哪儿去了……天黑了不知道回家吗？”

她们站在他面前，看着地面，不吭声。

“都哑巴了？说，到底上哪了！”

他的样子很吓人，喘息得更厉害，嗓子眼儿里满是小鸟的叫声，可她们一点也不害怕。他不过是在怪她们不回家。“回家”这个词让她们心里暖融融的，让他虽然在大发着脾气，却也散发着亲切的气息。她们互相望了一眼，看到对方的表情都有一丝的安慰。她们一直知道，他除了跟母亲吵架的时候让母亲带上她们走，别的时候对她们跟铁蛋儿一样，没有什么差别，她们跟铁蛋一样穿新衣服，吃一样的东西，一样去上学。此刻，她们一齐望着他的脸，研究着他那大大的眼睛，宽宽的双眼皮，路上她们还讨论过，要是他真的是她们的父亲就好了，那样她们就会也有一双美丽的大眼睛。

可是，她们都发现了，因为知道了团结的胡三儿这个人的存在，再叫眼前这男人一声“爸”也是很困难的事了。

小凤嗫嚅道：“……我俩……上南沟同学家玩了……”

大凤附和：“是，上南沟了。”

继父仍在生气。“不管上哪，天黑了就赶快回家，都这么大了，叫坏人拐卖了怎么办？”

母亲打开锅盖，一边端出给姐妹俩留的饭菜，一边唠叨：“孩子回来了，你还吵吵啥？叫她们吃饭！”

这一次，继父没有跟母亲吵。他只是白了女人一眼，喘息了几声，对姐妹俩说："快吃饭吧，以后别再乱跑了，都是大姑娘了。"

这时，一直站在里间门口看着她们的铁蛋突然跑出来，冲着两个姐姐说："你俩扒瞎，看看你们的裤腿上是什么？上南沟的路上哪有这玩意儿？"

是玫瑰花儿。她们在路上走得热，把裤腿卷了起来，插上了一圈的小玫瑰花，她们觉得好玩儿，好漂亮，就那样走回来，忘记摘下去了。她们不由得去看继父，眼神虚弱。继父朝她们的裤腿瞥了一眼，什么也没说，有点吃力地站起身，身体在灯影里显得更加高大。

"我去喂牛。"他说。他的身影隐没在屋外的黑暗中。

姐妹俩急忙弯下腰，拿下那些花朵，全都枯萎了，却是多么有纪念意义呀。

要睡觉了，姐妹俩躺在炕上睡不着。大凤还在埋怨小凤："就怨你，非捅咕着要去团结，白跑一趟吧？""才不白跑！"

她们突然听到窗口有声响，静了下来。外面，喘息声中夹杂着的隐隐约约的鸟叫声慢慢移开了。她们听到彼此的心脏同时"咚"的跳了一下，不久又平稳了。姐妹俩的夜是那样的平静，一如十五年来所有的夜晚。

花　　黄

大概有一个星期，花黄没有见到老太婆。没见她把鸡婆和鸡雏们从屋里放出来，撒把米让它们啄；没见她在院侧的厨房出出进进，两手湿着；没见她坐在槐树下，捂住胸口，皱着脸，忍受痛苦的样子。再见她的时候，她是被一辆出租车拉回来，被儿女们抬进屋里的。那时花黄刚从厨房寻找吃的出来，便轻脚跟进去。昏暗中，老太婆已安躺在床上，闭着眼，断断续续地呻吟，高一声低一声的，她身上深蓝色的被子缓慢地一起一伏。做女儿的掀开老太婆的衣服，让老头看。老太婆的肚皮上添了一道斜长的刀疤，城里的医生从那里割出一个瘤子，化验出了要命的东西，老太婆就坚决要求回家来了。

老太婆没有睁眼看老头，她什么都顾不得了，更不会看花黄，仿佛忘记了花黄的存在。花黄很知趣，站了一会儿，无声地转过身，走出来了。那老头也一个人悄悄走出，坐在屋门口，点上了一支烟，目光散乱地看着小院的一切。

春天，庭院边的槐树下，鸡婆正带着鸡雏们刨着松土，它们的尖尖嘴不停地啄，突然一下，突然又一下，土里的小虫子没法防，稀里糊涂就进了小肚鸡肠。鸡婆真伟大，啄到嘴里的虫子舍不得咽下去，又吐到鸡雏小对勾一样的黄黄的小嘴里。即使这样，往常到了傍晚，它们还得吃一顿老太婆撒的米，才老老实实被老太婆的手臂拢进筐里，被端进屋里睡大觉。现在，是那老头儿在管它们了。

花黄无事可做，坐在墙根处，眯起眼睛，看那幅鸡世中的母爱图画，被阳光照出温暖的光芒。

去年秋季，接连几日，花黄站在穿过村腹的公路边上，看着白晃晃的路，看着大卡车、面包车、小轿车和拖拉机这些庞然大物轰然而过，踌躇着，不知该去往何方。烟尘一波一波扑面而来。老太婆弓着背从田里回来，几次遇到花黄，都停下缓慢的脚步，在路的对面，与花黄彼此对望着。一边的目光茫然，无助；另一边的目光柔软，怜悯。终于，有一天，老太婆受不了那边的目光，等一辆货车轰的一声过去了，下一辆车还远远地爬着，就紧倒着老迈的步子，身影穿过烟尘，来到花黄的身边。乖乖，看来你是没有家了，走吧，跟我回家吧。老太婆蹲下去，慈爱地抚着花黄的脊背，抱起了这只流浪猫。

花黄是老太婆叫出来的。因为它的脊背和头顶是土黄色的，肚子、尾巴和腿脚是乳白色的。它的身条也很修长，是个美男子呢。老太婆动不动就叨咕一声，真是极好的猫哎，怎么就没有家了，造孽噢……

老太婆的老头儿也是喜欢花黄的，但他闲下来时只是抽烟，不去爱抚它，它就一直与他保持着距离。自此，花黄喜欢跟在老太婆的身后，她去哪里，就跟到哪里。老太婆真够忙的，基本上脚不沾地，一会儿去菜地里拔菠菜，一会儿又去棉花地里背棉秸。老太婆在厨房做饭的时候，花黄不去妨碍她，就趴在堂屋的门口，看院里的槐树和杂草，看觅食的鸡，它奇怪，鸡们总是不停地刨，不停地啄。

老太婆也有不忙的时候，那就是她实在太累了，坐在槐树下的矮凳上，一只手捂着胸口，一只手扶着额头，苦着脸，看着地面。老头从她身边走过，问咋了，她只说一个字，疼。老头又走过去了，没有什么表示，他习惯了她那受罪的样子，她一辈子都在疼，不是肚子疼，就是头疼，再不就是牙疼。听说她在摇篮时代就是整天不停地哭，可能就是因为疼，就这样一直疼到老。在她疼痛的一生里，算这一次，开了三次刀了，有一次，老头还不得不给她输了血。所以，每次吵架时，老头都要说，我给你输了血的。以前，他们是经常吵架的。

花黄见此，就走过去，尾巴尖抚过老太婆的小腿，在她的脚边趴下了。她就一只手继续捂胸口，另一只手从额头上下来，抚弄花黄的脊背，慢慢的，一下又一下，花黄的腰身伸展开了，舞动着白色的爪子。它看到老太婆的脸也舒展了一下。

到了冬天，地里的活不是很多了，老太婆的腹痛发作越来越频繁，躺在床上的时候多起来。花黄待在屋里的时间也就多起来。屋子里阴冷的，它蜷缩在她的脚下，老太婆的脚感到了温暖。晚上，老太婆睡着了，老头却在看电视，一台小小的黑白电视。花黄无聊，到处转悠，偶然的一次，花黄跳到了电视机顶上，发现冰冷的屋子里，只有这里是温暖的，就趴在那里了。下次冷了，就又趴上去，却是凉的。有时候，又是暖的了。几次后，花黄懂了，老头看电视的时候，电视机亮起来时，才会是温暖的。有时老头站起来，猛拍几下电视，花黄吓得慌忙跳下来，想这老头到底没有老太婆友好，可有时老头并不管它，只看电视。后来花黄就明白了，老头儿拍打电视，是因为上面没影了，拍拍又出来了。它也就安然的趴在那里，让挨打的电视机震得全身麻酥酥的。

花黄住了这一阵子，只见老太婆的一个住在同一个村里的女儿时常来。终于有一天，老太婆的肚子上鼓起一个杏子大的包，她感觉那是个不好的东西，要求去诊一诊。女儿女婿带老太婆去城里看病了，去了一天就回来了，几个人都满面的愁绪，绕得面目不清。又隔了一段时间，在外地工作的一个儿子得了信儿回来了，那个包长到桃子那么大了，儿子女儿再次把老太婆弄到城里医院去了。花黄没想到，老太婆一去很久，且是躺着回来的。

一向安静的家里有了一些忙乱。老太婆在外面打工的另一个女儿和另一个儿子也回来了。村里的老人和中年人都来看老太婆，儿子的朋友们也来看她了，安慰的话语在空气中絮一样飘着。花黄头一次在一个地方看到这么多的人出出进进，它躲在棉秸垛上，看着堂屋的门口一会儿黑了，一会儿又亮了。只有村里的人注意到了它，走的时候，望上它一眼，赞一声，这猫，真是极好噢。

花黄觉得事情越来越隆重了。紧接着，家里就没有下脚的地方了。

儿子买回了木料，请来的两个木工在院子里铺开了一个乱摊子。黄白的木板横七竖八，刨花堆了一地，树上的鸟都不来了，因为电锯细密尖锐的叫声吓着它们了。锤子敲敲打打，声音变着花样响，在敲打声的缝隙中，花黄偶尔听到老太婆的一声呻吟。它还闻到了木材那种干巴巴的奇怪的香味，觉得不如腥味鲜美。

而堂屋里，一个老裁缝正带着他的儿子，也在缝纫机上忙着，在给老太婆做衣服呢。那布料是女儿们买回来的，极鲜极艳，红的，绿的，还带着花。花黄从未见老太婆穿过亮色的衣服，而他们却要给她做这样的衣服！花黄从缝纫机边走过，下垂的布料在它脊背上滑过，细得像一缕轻软的风。它想老太婆穿上这样的衣服，一定会很舒服吧？

老太婆听着这嘈杂的一切，知道后事已经在准备了，心里有了底，人也有了点精神，竟能歪着吃点东西了。她极要强，不准别人喂，歪躺在床上，自己将碗拢在臂弯里，拿筷子的却是左手，这当然不是她的习惯，但因为刀口的关系，她现在只能用这个姿势，笨拙地，吃一口，头歪下去，歇一会儿。花黄站在她的床前，抬头看着她，喵，喵，问候她。老太婆的耳朵还很灵，无力地抬起眼皮，看到了花黄，艰涩的眼神柔软了一下。她的手抖动了半天，夹起一小团米饭，扔到花黄的脚前，嘴巴还动了一下。老太婆的声音非常微弱，但花黄知道，她说的是，吃吧。

花黄吃了，再抬头看老太婆，她已经被人服侍着躺下了。它又叫了两声，老太婆躺着没有动。它不再叫，默默地看了一会儿老太婆，它想念跟在她身后的日子，它多么希望她能好起来，能在土地上走来走去。人只有走动着，才有希望，那才是生活啊。

现在，只有那老头走来走去了。老太婆倒下了，家里的生活不能倒下，日影一点点斜过，那些鸡要活，地里的菜和庄稼要长，要上肥，空土地也要播种。以前这些都是老太婆和老头儿一起做的，现在，老头要一个人继续做下去，没有理由停顿。关于老太婆的后事，已经有很多人在做，老头插不上手，他只管做他日常的事。

花黄走到院子里，离开木匠和木料远远的，蹲坐在一个土堆上，眼睛眯成一条线，看院子里到处都白花花的，看堂屋的门口黑洞洞的，闪着花绸布。它看到了人世的繁复。那老头戴着草帽，背着喷雾器，平静地从地里回来，他去给花生地打药了，打一遍药，就该下种了，这样才不会长虫子。他进了堂屋，过了一会儿又出来了，坐在屋门口的矮凳上，点燃了一支烟，左转一下头就看到裁缝，右转一下头就看到木工。做活的人都不说话，来的时候双方已经说过不少的客气话，主人家这样的气氛，也不好多说闲话，都埋头做活。

老头儿看着看着，忽然一只空手捂上了皱成一团的脸，呜咽起来，声音像隔壁邻家的那条老狗。原来他脸上是平静的，心里却翻动得厉害。干活的人都听到了，却都抑制着自己，不看他，继续干活。照顾老太婆的女儿——就是住在同村的那个——从屋里出来，看着老头说，你哭什么？人还没有死呢，你哭什么？老头哭道，以后就剩我一个人了，我怎么办？他说出的每个字音都严重地走了形。怎么办？你有儿有女，还怕怎么办？谁还会不管你？女儿又吼了一句，回屋去了。在外地工作的那个儿子又走出来，耐心地说，爹，你莫哭了，莫伤心，莫想那么多。老头就一下子止住了哭，黑瘦的手擦了一把眼睛，又吸了口烟。

老头又是平静的样子了，花黄觉得他最孤单了。这个家里，人人都是有伴的，都有很长的未来，而他没有了。老太婆快要撑不住了，她要先走了，两人一辈子的日子，要多沉有多沉，都是他一人扛着了。而他老了，不再是男人。他怕生活，怕这人世，怕一个人的空日子。家里的人却没有谁理会这些，他们的心思都系在老太婆身上了，都还来不及想这老头即将面对的可怜。

花黄站起来，轻轻跳过那些木板，走到老头身边，踱了两步，举头看着老头。老头低头看了一眼花黄，表情木木的，没有伸手抚摸它。花黄又踱了两步，叫了两声，老头没有反应，它便失望地走开了。

两天后，棺材做好了，油漆也干了，黄白的三长两短加一个盖子，都变成了紫红的，盖子还没有盖上时，棺材像个血盆大口，在等待猎物。这么一个庞然大物，就顺放在窗下。怕雨淋，上面罩了一块蛇皮布，但下面还裸露着。花黄有时跳到棺材顶上，走动着，觉得这上面真是踏实，不像棉秸垛那样不稳，但它总是被老头挥着扫帚赶下来。

寿衣也做好了。女儿们扶起老太婆，把衣服拿到床上，摊开了给她看。老太婆伸出枯干的手摸索了一下，说，蛮好，蛮好。这衣服她要了几年的，村里别的老太婆早就准备好了，她没有，所以一直很着急。终于要到了，她痛苦的脸舒松了一下。花黄看到了，那鲜艳的衣服，将老太婆的脸映红了。

老太婆说，她想看看棺材。于是，儿子和女儿搀着她，慢慢挪动到院里来。花黄就跟了出来。老太婆走得极艰难，花黄都站在院里了，老太婆隔了半天才露面，肚子上的刀疤让她直不起腰。她被搀扶着，走向棺材，花黄一下子先跳了上去，喵了一声。去，去。老太婆的女儿将它赶下。老太婆看了棺材的正面，又看了侧面，说，蛮好，蛮好。这棺材她也要了几年了，当然连老头的一起要的，可是儿女们心里不舒服，毕竟是一件与死亡有关的东西，一直拖着没办，现在拖不下去了，却是只做了她一个人的。老头的还悬着。

看完了棺材，儿子拿了一把高椅子放在院子里，老太婆就坐在上面晒太阳。她虚弱地坐在那里，却是满足的样子，因为寿衣有了，棺材也有了，没有什么好担心的了。她的心里踏实了。花黄在棺材上走动时就知道，那棺材真是结实，老太婆能不踏实吗？这时，老太婆又注意到了花黄，微弱地叫了它一声，花黄。花黄就快速跳到她的脚边，兴奋地摇起了尾巴。女儿弯腰抱起花黄，放到老太婆的腿上。老太婆虚弱的手沉重地搭在花黄的背上，嘴里喃喃着，花黄哟，造孽哟，我死了，你可不要跑出去了，就跟着老头过吧，这就是你的家。花黄仰起小脸，眼神恋恋，看着老太婆。

后来，起了一阵风，老太婆被搀进屋了。

此后，老太婆再也没有出过屋，再也没有站起来。

老太婆的呻吟声响彻屋子。花黄听得浑身颤抖。

老太婆也不能吃东西了，什么都不能吃，吃了就吐，只喝一点水。女儿给她的刀口换药，发现刀口的旁边又起了紫包，肿得亮亮的。花黄在她床前转来转去，喵喵叫几声，她也没有反应，只是闭着眼，她的眼睛已经不能再看这人世。花黄落寞地走到院里去。

那老头刚去厕所倒了在老太婆床上接的尿，在清洗那个专用的塑料小盆。他把脏水泼到院子边的土路上去，将盆送回屋里，出来，手也不洗，就坐在矮凳上，又掏出了廉价香烟，点着了。他脸上仍是平静的，对老太婆的呻吟声没有反应，他已经接受了这个令人绝望的事实。在这个事实面前，他的损失最惨，却没有人来安慰他，没有人顾及他的感受。他就一个人坐在那里吸烟，地上有他孤独的影子。

花黄站在槐树下，望着老头。老头在看着窗下的棺材。老头不大注意花黄的，花黄也就不打算过去了。鸡婆带着那群雏鸡从房山那边转过来，一片细碎的叫声，到了老头的身边，老头知道它们饿了，就扔下烟头，起身进屋抓着一把米出来，扬给了鸡们。鸡们突然聚拢在一起，抢得欢。接着，老头扛起锄头，绕过房山，到地里锄草去了。这世界就是这么又自然又奇怪，老太婆在等死，地里的庄稼在长，草也在长，鸡要吃米，人要吃饭，老头要干活，各不相干，各行其是。这是一个老头能理解，而花黄不能理解的世界。

但那老头的背影真的很孤单。

没有老太婆，花黄的日子也无趣。没有人专门喂它吃的了，厨房的门边，给它专用的一个小钵子总是空的，它总是在人们吃饭时，在桌底下捡些鱼刺和人们嘴里漏下的饭菜，偶尔有谁发了善心，才想起从碗里扒出一点饭，扔给它。人们像忽视老头那样，忽视了花黄。

花黄没有在意，它也和人们一样，注意着老太婆呢。它看到老太婆冬天穿的条绒棉鞋还晒在窗台上，老太婆用过的筛子就立在墙根，她捞米用的筲箕就挂在厨房的墙上。老太婆躺在阴暗的屋子里，外面却到处都闪着她的影子。它跑进屋里去，老太婆明明还躺在床上，它又跑出来，老太婆明明又在她的鞋子、筛子上。一定有一面镜子竖在哪里。花黄记起老太婆有面小镜子，它初来的时候就支在桌上，它在里面看到对面有一个同类，就喵喵叫着转到镜子后面去找，可是什么都没有，它又转回来，那个同类还在那里，就又转回去，仍是没有。几个来回，它懂了，那是它自己，不用再找了。

它也不再找老太婆了，管她在哪里，反正她还在。

下雨了。

花黄起先不知道，在老太婆空出的床上，一觉醒来，屋子里仍是昏暗的。昏暗是这屋子的常态。它跳下床到外面去方便，见老太婆被安置在堂屋贴墙的一张床上，但那不是真正的床，只是一块临时的木板，底下撂着砖头。那是一个迎接死神的位置，很方便她一咽气就进到棺材里。她躺在那里没有声息。

从斜风细雨中回来，花黄的毛都湿了，堂屋门口的地面也湿淋淋的，门总是被风吹开，不断有人出出进进。人们一进来，都是看一眼老太婆，见没有什么动静，就进到里面屋子去了。好冷啊。老太婆不冷吗？花黄抖动了一下身体，站在她的床前叫了两声，她没有理它。它盯了她很久，发现盖在她身上的被子还在动，就稍微安心地走开了。

人们在等待。别的事都不能做，吃过早饭，都聚在屋子里打扑克牌。活蹦乱跳的人，时间总是很多，需要找事来消磨。花黄就趴在屋里的空床上，看着他们。窗口沙沙地响。他们在说说笑笑。

那老头用电水壶烧完两瓶开水，就在门边坐下来，又抽起了烟。天不好，他也不能下地了。他看着牌桌，却并不参与，他只是望着一个地方而已，给自己的目光安放一个位置。那目光仍是平静的。

突然，老太婆在堂屋又呻吟起来。女儿和儿子扔下牌跑出去，老头扔下烟也走出去。花黄跟到了堂屋。原来老太婆要解手，解完手又喝水，喝完水躺好了，仍在呻吟。她问，我怎么还不死？儿子说，时辰没到。她又问，我死后埋在哪里？儿子说，不是给你看录像了吗，就在后山上，风景极好。唉，我怎么这么难死？女儿说，是你不想死。我想死，你们给我打一针，把我打死吧。儿子找来村医生，真的给老太婆打了一针，不过，那是一针镇静剂，是给她止痛的。老太婆的感觉慢慢迟钝了，又睡着了。

人们回到屋里，开始闲聊。终于有人注意到了老头，是一个表亲，提出老太婆死后，老头怎么办的问题。老头又坐回原来的位置，打开了电视，目光松散地打在电视荧屏上，耳朵却在听人们说些什么。花黄跳上那张破桌，跳上那台破电视机，趴在顶部，看着人们。他们叫老头不用再种地了，只种点菜就行了，闲时去钓鱼。老头答应着。从外地回来的儿子说，他会给老头寄钱的，生活费不成问题，不过，不能买好烟好酒。一屋的人都笑了。

老头看一眼电视，看一眼人们，忽然又哭起来了，苦瘦的脸更紧的皱在一起。女儿又吼了他一句，又哭，就知道哭，哭有什么用！老头就擦了几下眼睛，眼睛本来就是浊的，也不知眼泪干了没有，他掏出一根烟，又点上了。刚才的事就随着烟缕慢慢的散了，心里的恐惧也缓和了一些。一阵沉默，人们也开始散去，有的去了厕所，有的去做午饭，有的去忙别的事。剩下老头一个人坐在门边，一会儿扭头看看老太婆，一会儿又看着电视。他对花黄熟视无睹。

花黄蜷缩着趴在电视机上，目光垂下看着老头，他凝成了一座孤单的雕像。人老了，就是这样脆弱，落了单，就更可怜了。在这个人畜共有的世界上，做人无疑是最风光的，却也是顶难受的，因为人的圈子、人的感觉，过于复杂。

这天夜里，花黄被一阵雷声惊醒了，身体打了一个激灵。与此同时，堂屋里的老太婆突然坐了起来，要知道，她已经十几天没吃任何东西了，哪来的力气呢？陪护的儿子和女儿都惊奇。这时，他们看见了花黄，在一道闪电中，白花花地站在堂屋的地上。闪电过后，依然是昏暗的灯光，花黄也是昏暗的了，让人几乎辨不清，它看了一会儿老太婆，踱离了堂屋。

老太婆并没有看到花黄，她一直闭着眼睛。紧接着，她被重新安顿好，在外面天地间的大动静中，她显得无声无息。花黄又回到屋里老太婆躺过的空床上，在破棉絮上趴下来，闭上了眼睛，竟然又看到了老太婆，就在它的眼前。

天亮后，雨停了，云也开始散开，露出蓝色的缝隙，有时也漏下一些阳光。老头把鸡婆和雏鸡们放了出去，地上的鸡们就和树上的鸟一起叫起来，它们都是一些不懂悲伤的物种。不知老太婆是否听到了欢乐，她只有一件事好做——等待，等死。

吃过早饭，老头抽完一根烟，又要下地了。看来老太婆今天还死不了，他该做的事还得去做。站在屋檐下的花黄看到他提了一把菜刀，是要去砍莴笋吧。这时，花黄的身体里响起老太婆的声音：去吧，跟他一起去吧，去跟他做伴。花黄回头望了一眼堂屋里的老太婆，她躺在那里昏迷着。老太婆的声音在花黄的身体里催促：快去呀，跟老头一起去。

老头蓝色的外套已经消失在墙角。

快去呀！在花黄的身体里，老太婆的声音有点不耐烦了。一股猛力推动着花黄，它颠起白爪子，跟了上去。

于是，闪着水洼的村路上，前面走着一个老头，后面走着一只猫。路边的池塘镜子一样映着天空，天地间一片明朗。空气中飘散着一种潜心入肺的香气。

哦，是槐花开了。

这天的深夜，老太婆死了。

上 坎 儿

从关里老家探亲回来，父亲不再下煤坑了，而是当上了小煤矿除矿长外的另一个负责人，带领一些下不了煤坑的人种地。母亲仍然在家忙里忙外，一群孩子，一头猪，一些鸡鸭，够她累的，有时也和矿上的一些妇女一起，在矿上那个小山样的大煤堆下，甩着大板锹装煤车，挣点零碎钱。

而我呢，背上背着弟弟或妹妹，到处溜，开始有了大块儿的连贯的记忆。

小煤矿一定是世界上最小的地方，因为开了煤矿才有了人烟吧。人们懒得为它起一个名字，周围有村落的地方，大都以“沟”命名，什么狼洞沟、小乌蛇沟、大乌蛇沟、闹枝沟，而小煤矿就干巴巴地生硬地叫作小煤矿。

我记得小煤矿是这样一个地方：它分作上坎儿和下坎儿两部分。上坎儿这地方住着小煤矿的大部分居民，他们大都来自山东，也有河北的、陕西的、本地的，小煤矿的人间烟火和苦乐悲欢基本上都在上坎儿。从这儿再上一个长长的斜坡，就是矿井和煤场了；下坎儿只有少数居民，一片平坦的地方，集中分布着学校、磨坊、大房子、食堂、小卖部和矿上的办公室。大房子就是跑腿子们的集体宿舍，里面什么都没有，就两铺通炕对着，上面摆着一个个被窝卷儿。

我家住在上坎儿，所以，我的活动范围主要在上坎儿一带。我会站在从矿井一直通往下坎的小路上，看那些矿工扛着掏煤的尖镐和照明用的嘎斯灯，黑着脸从路上走过，隔壁福英的爸爸会打一盆水在院子里洗去脸上的煤灰，然后用湿毛巾擦着胳膊，我说：“你胳肢窝里怎么有黑毛？”他就笑了。有时，我会背着弟弟在黄昏的时候站在小马家的门槛上，看她做饭，她往吱吱冒着水泡的铁锅里贴玉米饼子，淡淡的雾气里，她的脸年轻，漂亮。我看她的脸，也看她的锅，一会儿，又有别人家的孩子，四五个，全挤上来。门太窄，谁都想往前挤，我背着孩子很不得劲儿。“不稀看了。”我不满地钻出来，听见小马在里面说：“看吧，怎么走了？”我伸着细长的脖子，吃力地迈进自家门槛，见母亲也在锅前贴饼子。“唉，妈呀，你怎么老做这破饭呀，等我当妈的时候，我天天做好吃的！”母亲盖上锅盖，蹲在灶前，拨弄着火。母亲也“唉”了一声：“等你当妈的时候，你就什么都知道了。”

有时，我也去下坎儿逛。我站在黑洞洞的磨坊门口，看王爷爷抖着双臂罗面，电磨轰轰地响，声音是潮湿的，地也是潮湿的。他每天只吃玉米饼子和咸菜疙瘩，省下的钱都寄回山东老家了，可与他不和的老伴儿仍在家里骂他死鬼。他回身倒掉一罗面，瞥见亮亮的门口处立着一个小小的黑影儿，便拍两下手，衣服铁亮地走过来，逗我说两句话。之后，他说：“玩去吧，爷爷要干活儿。”他的脸红瘦的，下巴尖得厉害，门牙又长又黄，闭上嘴还在外面露半截儿。他回到面槽边，背对着我，继续罗面。我仍是闲逛。太阳都落山了，天模糊了，我还蹲在食堂的门口。哗！一盆脏水泼在我脚前，抬头看，女大师傅正拿着个空盆子站在门口，五官聚得很近，头发蓬松。她喊着我的小名说：“你怎么还不回家，鞋湿了没有？”我站起来挪动着双脚，脚在湿鞋子里很难受。她走近我：“哎呀，快来，我给你烤烤。”我向门里望去，灶子里的火正烧得通红。“不用，不用。”我直往后退。她的五官挤成一团：“不用烤？那你快回家吧，你妈该着急了。”我仰头看了看天，第一颗星星出来了，便朝上坎的家里跑去。母亲放下碗。“你又上哪儿疯了？吃饭了也不知道回来！”我蹲下身低头解鞋带。“鞋怎么湿了？你这个小嫚儿，真能猴浪，又该打了。”我吓得一声不敢出。父亲从来不亲热，但比母亲温和。“快上炕吃饭吧。”我爬上炕，坐到父亲身边。

这一年——从上一年的秋天到这一年的秋天——父母真是焦头烂额。

很多的事都赶在一块儿了。我看到的，或者从大人们的闲谈中听到的，拼接在一起得出这样几条：第一，我家有了仇家，就是老杜家；第二，父母要给住在下坎儿大房子里的三叔娶亲；第三，姥姥要从山东老家来，要把寄养在那里的妹妹给父母送回来了；第四，父母张罗着，要盖一座新房子。

这几件大事虽然是按时间顺序紧凑地接踵而来的，但盖房子的事是贯穿始终的。房子是个大问题。

我家的房子在上坎儿的边缘，紧邻矿上的大煤堆。低矮的茅屋扭曲着靠在福英家的房山上，好像没有这一倚靠，必定要倒了。屋内高处有一块墙壁像锅底那么黑，我的第一个夜梦就映在那上面，是一张红色的老太婆的脸，凶恶地对着我，我大叫一声，尿了炕。我三叔的对象来相亲的那天，围着房子转悠了半天也没找到进屋的门，还是母亲出去抱柴碰见了，她才知道屋门开在房山上。里面只一屋一厨，屋里一铺炕。冬天，炕是我们这些小孩子的舞台，大的哄着小的，咕咚咕咚满炕跑，在厨房做饭的母亲喊：“炕要塌了！”没用，便拎着菜刀上炕来，每人拍一刀，都拍老实了，又继续去厨房做饭。

三叔的对象来的那天，我们在生人面前都很老实。父亲和三叔不知在哪里，母亲在厨房忙着，那姑娘披着黑夹克棉袄，独坐在炕沿上，坐得寂寞，便把头埋进臂弯里，趴到桌角上，半天不抬头。我们静静地看着她，她是不是哭了？我往她跟前蹭了蹭了，把头贴着炕，从她架着的胳膊下往上瞅她，正遇上她黑溜溜的眼睛瞪着。她笑着抬起了头，问我叫什么名字，几岁了？

我七岁，下面还有三个弟弟妹妹，加上就要被送回来的妹妹是四个。白天满炕疯，夜晚倒在炕上一片。父母不想办法盖个房子哪行？要是我家再多一个屋子，三叔也不会住到大房子里去。可见那个跑腿子们的宿舍是整个小煤矿最大的房子了，不然怎么被叫作大房子？

三叔来的时候十五岁，父亲带着咸菜和窝头，走了百十里路去火车站接他，他们一起走回来的。歇了两天，三叔就能跟母亲去刨地了，而父亲脚上的泡还没有好。父亲抱着一只脚，龇牙咧嘴，从炕梢蹭到炕头，从炕头再蹭到炕梢。我哭着跟他要妈妈，他没办法，就打开母亲生我时吃剩的红糖瓶子，他吃一勺，喂我一勺。终于盼到母亲和三叔回来，他指着三叔骂："你们这些东西，你们这些东西！"三叔缩在门边不敢吭声。以后，我就跟三叔玩了。三叔不玩了就说："走，回家找你妈。"我玩够了也说："走，回家找你妈。""是你妈。""你妈。"我总也别不过这个劲儿，三叔想了想说："俺妈。"我说："俺妈。"这以后，我玩够了就说："走，回家找俺妈。"

过了一年，三叔就下煤坑了。住在大房子里，当然吃食堂，有时母亲做了什么好吃的，就叫我去煤场迎他。三叔扛着尖镐，手提嘎斯灯，故意扭着麻花步走下来。我抬头看看他一脸的黑灰。"三叔，俺妈叫你回家吃饭。"我接过三叔手里的嘎斯灯，跟在后面，也学着他的样子，扭着麻花步走回家。但我学不会三叔那样，撮起嘴唇吹口哨，吹不响。

又过了一年，这天，三叔带了好几个人，拿了刷子和红油漆，把我家的门窗上所有的玻璃都印上了"忠"字，对我和弟弟吼："别动！"过了几个月，矿上的电工老朱，给家家户户都安上了广播喇叭。老朱给我们家的喇叭安到了门框顶部，一根电线从上面扯下来，拴上个钉子，插到了地下。老朱一走，我溜下炕，去拔那个钉子，手一碰，麻嗖嗖的，吓得再不敢动。抬头望，不算大的喇叭，对我张着黑黑的大嘴。以后，我听见里面说："帝国主义和一切反动派都是纸老虎。"我也跟着它唱："大刀向鬼子头上砍去。"但是，我真的很纳闷。我问母亲："妈，广播里是不是有人呢？"母亲说："没有。""那它怎么会说话？""谁知道。"我打算长大后就到那里边唱歌说话，我站在喇叭下看了半天，也不知怎么能进去，再说，也装不下呀。

母亲再从磨坊回来，对父亲说："老王头儿现在说话净是'活学活用’呢。”

父亲说：“全矿就数小马的记性好，背老三篇像蹦豆一样。”

母亲不满：“我没功夫，我要有功夫比她背得好。”

母亲的确没功夫，除了那些活儿，还得跟我们这些小兔崽子生气。夏天那会儿，她挑了一筐野菜从外面回来，一眼就瞧见新孵化的黄绒绒的小鸭子死了，是弟弟玩锄头不小心砸死的，母亲捡起一根柳条就追打我们，我们光脚绕着自家和邻居的房子跑，路上的煤渣很烫，硌得我们脚疼，终没让她追上。

冬天来了，我们不再出门，也难得看到三叔了。父亲一回来就看着满炕的孩子说：“冬天来了，你们又开始蹲仓子了。”而母亲担心炕会不会让我们蹦塌了。炕太小了。

后来我想，上坎儿这地方，房子的确是个大问题。家家就一铺炕，出了很多麻烦事。斜对过的蔡包子家，一个婴儿出生没几天就死了，是晚上睡觉时，被蔡包子的一只大脚压到脸上憋死的。看不出他们两口子有多伤心，他们的一双跟我们差不多大的儿女，人中上整天拖着黄鼻涕，我和弟弟从脸盆里挑了两块厚西瓜皮到他们家的窗口去啃，他们哭着跟他们的母亲要，更不知道伤心为何物了。

老杜家出了更大的事，这促使父母开始为三叔张罗婚事。不过，还是先说说两家的仇怨吧。

这是上一年秋天开始的事。母亲和小马在蔡包子家里串门，她们这些女人夏天的时候好聚在孙家房山的阴凉里，一边做针线活儿，一边快乐地扯着闲话。有一次，我走过去，小马模仿我的口气说：“不稀看了。”“不稀看什么？”妇女们纳闷儿，小马就把我那天看她做饭的情形当作故事讲了一遍，惹得那些女人都来打趣我。后来，小马让大家看我的鼻子尖儿，说头发让鼻涕粘在上面了。女人们又是哈哈大笑。天凉了，她们就转移到屋子里去了。

那天黄昏的时候，母亲正跟小马和蔡包子的老婆讲一件大事，说马上要给家家户户发居民证了，矿上几个头头研究了，给老杜定的是地主的成分，老杜婆是富农，老杜的八个孩子当然都是小地主。她们不知道老杜婆正趴在后窗上偷听，她突然冲进房里，将母亲拉下炕沿撕扯着母亲。“凭什么把俺家划成地主，嗯？凭什么你家是贫农，俺家就是地主？”“家家小草房，就你家住青砖大瓦房，不是地主是什么？”母亲也不示弱，跟她扭打起来，一直打到屋外。小马和蔡包子的老婆劝架，她们的吵架却无法停止。

想不到，以后的日子不得安宁了。一天，父亲上班走了，母亲去地里割苞米，我们这些孩子待在家里。突然，一块窗玻璃“啪”的一声碎了，一块石头落在炕上。我们吓了一跳。我趴到窗上向外看去，老杜家的大姑娘小珍，扔下一块还没有打出去的石头，扭身走了，两条乌黑的辫子垂到屁股。我一直羡慕那两条长辫子，但是，现在我开始害怕小珍。我领着弟弟妹妹缩到墙角，盼着母亲快点回来。我们又听到厨房的水缸也当当响了几声，我去一看，后窗的塑料布碎了一个窟窿。

母亲回来，把那些石头收集到一块儿，让父亲回来看了，父亲并没有表现出愤怒，母亲很生气。以后，这样的事时不时地就发生一次，无法防范，我在路上遇到小珍，就觉得她黑黑的面孔特别可怖。小珍挑水的时候遇到母亲，总要向母亲吐上一口。小珍的后台一定是老杜婆，她不出面，就这样与母亲斗着。母亲除了吐她一口，也没有别的办法。她更加生父亲的气，问父亲要忍到什么时候。

也没有忍多久，小珍出事了。

十八岁的小珍怀孕了。

妇女们聚在一起，议论的就是这桩事，我用那些东鳞西爪拼贴出了一个完整的故事。老杜家虽然住的是青砖大瓦房，也不过是一铺大炕。一天夜里，老杜醒来，开灯到院子里撒了一泡尿，回到屋里，瞥见他的一家人昏昏沉沉躺了一炕。大女儿小珍躺在炕梢贴墙的地方。她的被子蹬掉了，一条腿支起来靠在墙上，胸上鼓鼓的。他走过去，打算替她盖好被子，他不由得又看了一眼小珍的胸，又不由得向下扫了一眼。小珍的肚子隆起得很高，微微跳动着。他奇怪，伸手摸了摸，小珍的肚子的确在跳动。他还未及想明白怎么回事，小珍大叫一声坐起来，看见老杜刚刚缩回去的手和瞬间亏心似的目光，大嚎起来。嚎醒了老杜婆，娘两个一齐向老杜扑去。

母亲、小马、福英的妈、蔡包子的老婆，这些女人们，又有了中心话题。她们说，老杜婆和小珍把老杜送进县笆篱子里了。可小珍肚子里的孩子到底是谁的呢？她们猜不透。因为过了两天，传出老杜在笆篱子不认账的消息。那么小珍是跟谁搞的破鞋呢？大房子里又有批判会好看了。

大房子除了供跑腿子们睡觉，在需要的时候，还是一个开批判会喊口号的地方。在那里，电工老朱的十九岁的老婆被批过，因为她老是借人家东西不还，还了我家一次豆油，还掺了水。她挨批，是因为她家的黑母鸡趴在福英家的鸡窝里，她找回来，顺便把人家鸡窝的蛋也拿回来，到家一看才知是引蛋，便连同鸡一起塞进自家鸡窝。福英的妈下地回来捡蛋，发现新蛋没有，引蛋也没了，也各家去寻，在朱家找到引蛋，证据是她在引蛋的口上贴了月份牌纸。两个女人打起来。老朱的老婆记恨在心，在福英家柴火垛放了一把火。批判会上的口号是："打倒馋老婆XXX！"第二天，她小小的眼睛，满脸雀斑地出现在妇女堆中，问："妹妹，昨晚我脖子上挂的是什么，我怎么觉得不沉？"被称作"妹妹"的告诉她："是块纸壳子。"她说："我寻思真要给我挂个铁牌子呢。上面写的啥？""写的'馋老婆'和你的名儿。大嫂子，还馋不馋了？"她又不高兴了："你们都比我大，还叫我大嫂子。"四十多岁的老朱在上坎儿的男人中是岁数最大的，所以妇女们都叫她大嫂子。

现在，因为小珍，大房子里的男人们——成过家的，没成家的——都成了嫌疑人。都成了调查对象。除了长年累月躺在炕头的病人老安头，连磨坊的王爷爷都不能放过。可嫌疑最大的，是我的三叔，因为老杜婆打过母亲，小珍吐过母亲，往我家扔过石头。怎么调查的，我无从知道，我只是看到父母和三叔为这事感到窝囊。但那些日子里，母亲也感到一丝复仇的快乐，对那些妇女说："报应啊。"

据说，小珍是想污蔑三叔强奸了她的，对大房子其他的人都否定了，但几次审问和对三叔的调查，都是驴头对不上马嘴，最后，她也因为害怕，只好放弃对三叔的诬告。罪名还是老杜顶着。

一天夜里，我家房子前矿上的那个大煤堆自燃起火了，上坎儿下坎儿的人都去救火，小珍跑去，一直往火堆里冲，被福英的爸看见，一把捞出来了。

之后，小珍的姑姑领着她去县医院了。

事情就这样过去了，父母托人给三叔介绍了对象，是狼洞沟的姑娘。三叔在一次井下事故中失去了右手的食指，为了瞒过这一缺陷，母亲给三叔织了一副只有大拇指的巴掌式的手套，嘱他领对象去买东西的时候，也不要摘下那只手套。幸好是冬天。

小珍很快被嫁到近邻的一个村子去了，不会再看到她，母亲的心情好了许多。母亲开始为三叔的婚事日夜忙。缝被子，缝衣服。缝纫机被她踩得哒哒哒响。最后，剩了一块黑色小布头儿，裁出一条小裤子。

我站在缝纫机前不肯离开。"妈，这是给谁做的？"

"给你。"

"过年穿的？"

"嗯。"

"那我穿什么样的衣服？"

"没钱做衣服了，你能穿上一条裤子就不错了，你弟弟他们还没有呢！"

我很满意，直看着母亲做完了，搁了起来。然后，我天天盼过年，却是三叔结婚的日子先来的。

家里房子太小了，三叔的婚宴是在矿上的办公室摆的。好几桌，坐了满满的人。我也去了，自己去的。奇怪的是，在对这场婚宴的记忆里，却没有父母和三叔三婶儿，他们在哪里呢？我在很多条腿间慢慢挤着，有人发现了我，像发现了一个大人物一样喊着："绿豆来了，绿豆来了。"人们举起我，把我传递到酒席上，安插在其间，有人把桌上各样菜夹到我的碗里。我吃着吃着，看到墙上的一排画像，上学后知道那是马恩列斯毛的画像。我非常的诧异，最后一位怎么没有胡子呢？第一位大胡子，吃饭的时候是怎么吃的呢？

那天晚上，父亲不在家，母亲去了哪个邻居家，三叔三婶儿在我家，一个坐在炕沿上，一个立在桌子前，闹起了别扭，我坐在炕上看着他们，不敢吭声。我猜，三婶一定是发现三叔少了一个手指，在生气吧。

三叔和三婶儿不住在上坎儿，也不住在下坎儿，而是住在离小煤矿好几里地远的一个地方，那地方很荒凉，只有一前一后两幢灰色的二层小楼，是日本人留下的。大房子里的光棍儿们，找到媳妇都住到那里去了。听说那地方闹鬼，证据是睡到早晨，有人家桌上的马蹄表会躺在地上。

春节后，父母加紧了盖房子的准备，开春化冻后，就可以动手了。

这时，姥姥从山东老家来了，送来了妹妹。

姥姥和妹妹到达的那天，已经是晚上了。屋子里烧得很热，姥姥脱下了棉袄。大家都坐在炕上，昏暗的灯光下，母亲扳过妹妹："我看看。"妹妹陌生地别转身，歪进姥姥怀里去了，姥姥给她做的棉衣特别厚，她像个小豆包。母亲和姥姥都笑。姥姥对妹妹说："那不是你妈嘛？"

妹妹梳着短发，脸又红又圆，像个大苹果。她不像是我们家的孩子，倒像是一个跟着来走亲戚的孩子。母亲的态度，也是把妹妹当成来走亲戚的孩子似的。我想不起妹妹小时的样子了，那年跟着父母回山东老家，她还不到一岁。父亲的父母早就不在了，母亲在娘家住了两个月，又生了一个弟弟。回东北的路上，两个人怎么带四个孩子是个难题。父母商量把哪个孩子放在老家，母亲要把大弟留下，父亲重男轻女，不同意，他想把我留下，母亲不同意，因为我可以帮母亲看孩子做家务了。刚出生的小弟要吃奶，肯定要带上，所以，妹妹就这样被父母暂时遗弃了。

因为要盖房子，父母忙不开，姥姥就决定住上一阵子，帮帮忙。妹妹一步也离不开姥姥，姥姥去哪里，她就跟到哪里。她不主动跟父母说话，也没有叫过一声“爸”，没叫过一声“妈”。父母由她去，并不因为她那样的表现而伤心，也不试图去拉拢她。再说，父母一直在为盖房子的事而忙着，也无心为一个回到身边的孩子费神。

盖房子成为当前最紧迫的大事。姥姥来了，妹妹回来了，这小屋的一铺炕要睡一对夫妻、五个孩子和一个老人。所以，那一阵子，我们小孩子都是睡通腿儿的，两两相对，一个头冲外，一个冲里。一床被子好几个人扯。

房子盖在下坎儿的最南端，对我而言，那是一个很遥远的地方了，所以，在搬进去之前，我从未去过那地方，活动的范围依然是上坎儿。我们在这里还有一春一夏的时光。父母是怎样为房子操心的，我们不得而知，只是老听他们说：“盖一次房子，扒一层皮。”我们在无知的童年里疯玩。

有姥姥做饭，照顾更小的孩子，我轻松了很多。不必背着孩子，那样吃力地躬着身体，和隔壁的福英一起站在篱笆的阴影里。不过挨打的事还是有的，福英有一天不小心扔石子，扔到我家的窗子上了，一块玻璃碎在了地上。母亲回来揪着我在院子里边打边骂，骂我不好好看家。我大哭。福英的妈听到了，出来弄明白怎么回事，回家拿了一块玻璃来陪给母亲。母亲不要，福英的妈硬塞给了母亲。

上坎儿这地方，不光孩子挨打，女人也要挨打的。有天我在大门口玩耍，看见蔡包子在柴垛劈柴，他和老婆一定吵架了，他老婆来我家还暖水瓶，回去时路过柴垛仍对男人骂骂咧咧，蔡包子拿起一根柴棒，照她腿上猛击，她扶着山墙，摸着挨打的腿，哭不出声，回头看见我在看她，赶快一瘸一瘸回家了。

上坎儿这地方，不光孩子哭，老太太也会哭。一天中午，大热的天，铺满煤渣的路上传来一个老太婆唱戏一样的哭声，是小马的婆婆，老太太也是从山东老家来看儿子的，她们婆媳吵架了。老太太拍着大腿哭，声音干巴巴的，哭得满头大汗，头发粘在干枯的脸上。一些妇女围着她，劝慰半天，哭声止息了，人也离去了。这个中午就显得格外炎热和寂静。

这个夏天，我的记忆是那样的深刻。因为一个惊人的发现。一天下午，我和弟弟从外面回来，妹妹对我们炫耀，姥姥给她吃带糖的黄瓜了，黄瓜是自家菜园里的，我们都知道那是一种奢侈的吃法，就是把黄瓜掰断，把白糖用筷子捅进黄瓜瓤里面去。我们一般是吃不到的。原来姥姥偷偷地做给妹妹吃，原来姥姥对妹妹和对我们是不一样的。妹妹因为这样傻傻地对我们炫耀她得到的恩宠，遭到姥姥的呵斥。

夏天刚一结束，我们就搬到了新房子里。新房子共三间屋，中间是厨房，两边是睡房，这回打着滚儿睡都够了。房子的前边就是一片田野。还有一眼泉井，我开始跟姥姥去抬水了，木棍一头搭在姥姥弯起的手臂上，一头在我小小的肩上。

然而，没多久，姥姥就回老家去了。

秋天来了，妹妹对姥姥说："姥姥，秋天了，天冷了，咱回家吧。"

姥姥呵斥道："这就是你的家，你还往哪儿走！"

妹妹说这不是她的家，她坚决要跟着姥姥走。这样，姥姥回老家的时候，妹妹又跟着走了。父母可能是盖房子太累了，并没有强行留下这个孩子，就让她又跟着姥姥走了。无论是我，弟弟，还是妹妹，我们都不知道伤心。

搬家后，我再也没去过上坎儿。没多久，听父母说，福英得病死了，听到他们为福英的父母惋惜。又过一阵子，听大人们议论，老杜从笆篱子里出来了，是老杜婆和小珍去撤下了起诉，把他要出来的。人们最终也不明白，老杜到底是怎么回事儿，小珍肚子里的孩子到底是谁的。但从上坎儿传来的消息说，老杜回到家里，把她老婆捂上嘴吊打了一夜，又让老婆给他下跪，自己在笆篱子受的罪，都让老婆尝尝。

我对上坎儿的记忆至此而止。

很多人家都在我们新房子的前后左右盖了房子，听说上坎的人家要搬空了。

已经是一年级小学生的我，经常坐在新房子的柴垛上纳闷，靠近天边的那层山怎么是蓝色的呢？所有的地方都是一个天吗？我看见远处一个柴垛那，不知谁家的爷们儿在劈柴，眼见着斧子落下去了，声音却是愣了下神儿才传过来。我看见远处的屋顶上，有什么东西像水一样在流动。

没想到在新房子里只住了一年，我们就搬到镇上去了。过了些年，又搬到城市里了。我们离小煤矿越来越远。偶有一些消息传来，都是令人惊诧的，比如蔡包子那个淌着黄鼻涕的儿子成了博士，比如王爷爷回了山东老家，儿子不孝，80岁那年上吊自杀了。

母亲英年早逝。有一天，我问活到今天的父亲，小煤矿现在怎么样了？父亲说，没有矿了，有本事的都走了，只剩了几户人家，电也撤了，又点上了小油灯。父亲重重地叹了一声。

我在心里叹了一声。

城乡生活简记

一

方大妈在饭桌边落了座，心情相当不错。这是她来大儿子家的第一顿饭，一盘家常炖子鸡和一条红烧鲤鱼，正散发着诱人的香气，两盘配了红辣椒的青菜，也炒得精精神神。窗外，霓虹闪烁，城市的夜空美如鲜花。

媳妇夹了一块无骨的鸡肉，放在了方大妈的碗里。妈，您别客气，多吃点啊。

方大妈慌慌地说，这是好肉，给我孙女吃。肉又到了孙女的碗里。孙女不领情，嚷着要鸡大腿和鸡翅。媳妇忙把两个鸡大腿和两个鸡翅的中部都夹到孩子的碗里。

方大妈筷子一伸，夹了一个鸡头放到自己碗里，又夹了个鸡爪，说，这是我的，你们多吃肉。

媳妇客气地笑了一下，收拢嘴巴，夹了一块带骨的肉，低头吃。儿子表情尴尬地笑笑，说，妈，你吃。

过了一会儿，儿子在鱼身上夹了一块好肉放到妈的碗里，紧接着又折断了鱼尾夹到媳妇碗里，正在卸鱼头，方大妈忙伸出筷子按住了，说，这鱼头没肉，我吃，你们多吃好肉！

儿子和媳妇都僵住。

方大妈觉得气氛有点不对头，却不知哪里不对。儿媳生孩子的时候，她正在乡下闹病，没能来伺候月子，这是她第一次来城里的儿子家，一切都生分的缘故吧。转而，她心安理得地吃起碗里的边角料，这是她的老习惯了，逢年过节，好不容易杀只鸡宰条鱼，她都是把纯肉往丈夫孩子的碗里夹，自己来处理边角料。

孙女很快吃饱了，媳妇也离开饭桌陪孩子写作业。

方大妈悄声问儿子：你媳妇好像不高兴，我做错什么了？儿子勉强笑笑说，没什么，妈。方大妈不信：你得告诉我，我可不想来城里住几天，惹得媳妇不高兴。

儿子犹豫了一下，说道：妈，那鸡头鸡爪鱼头鱼尾，是你儿媳最喜欢吃的，你以后就吃好肉吧，你一辈子都没吃上好肉。方大妈困惑地看着儿子。那鸡头鱼头有啥吃的？儿子说，妈，你不懂，现在城里人都好这一口儿，有人还专门喜欢吃鸡屁股呢，谁还吃那死肉啊，像干柴，你不懂，鱼头吃了聪明……

方大妈愣愣地看着窗外的红红绿绿，心想，这就是城市啊。

二

方大妈在饭桌边落了座，心情相当不错。这是她从城里回到乡下小儿子家的第一顿饭，主打菜是清炖农家土鸡和红烧草鱼。鸡和鱼是她路过集市自己买回的，用的是大儿子给的钱。小儿子一家三口都高兴，因为有一桌子好吃的，因为吃得少干得多的老太太又回来了。

方大妈一口气把两个鸡大腿和两个鸡翅膀的根部、中部，都夹到孙子的碗里，天下的小孩都喜欢吃这两个部位。儿子媳妇都高兴。方大妈看看孙子吃得香，满意地笑了。

接着，小儿媳夹了一块无骨的纯鸡肉往自己嘴里送，方大妈忽然想起了城里的大儿媳，人家那脸蛋滋润白嫩，紧实实的，显得比小儿媳年轻多了。大儿媳的话还在耳边，大意是说鸡爪和猪蹄一样，含有什么胶质的东西，晚上吃了能美容。于是，她夹了一个鸡爪放到小儿媳的碗里。来，你也吃个鸡爪，能美容哩。

小儿媳的话里含着不满加不屑。美容，吃个鸡爪就能美容？她把鸡爪又扔回盘子里。方大妈尴尬地笑笑，把鸡爪夹回自己的碗里。小儿子也不解地看着妈。她只得按老习惯，把鸡头和另一个鸡爪都夹到自己碗里，说，你们多吃好肉，我在城里吃过了。

方大妈吃着碗里的边角料，本来还想讲讲城里的光景和见闻，可觉得桌上的气氛冷了下来，也不敢开口了。小儿子为了疏通空气，主动找话，问起哥哥的情况，方大妈就说起了大儿子，说着说着，见孙子夹了一块鱼背上的整肉往嘴里塞，忽然想起在城里学到的知识，吃鱼头聪明啊，大儿媳不但自己吃鱼头，还劝着孩子吃鱼头里的脑子呢。方大妈就说，傻孙子，城里的人才不吃鱼背上的肉呢，那是死肉，没啥吃头，你吃鱼头吧，吃鱼头聪明，学习好。方大妈说着就用筷子去往下拧鱼头。

儿子媳妇一同愣眼看着方大妈，待鱼头落进孙子碗里，小儿媳先醒悟过来，满脸不高兴，夹起那个鱼头就扔到地上喂了猫，拉起孩子看电视去了。

方大妈和儿子四目相对，两边都是淡淡的云雾。小儿子说，妈，你变了，去城里几天啊，学了些什么乱七八糟的东西！小儿子到一旁抽烟去了。

方大妈愣愣地看着窗外漆黑的夜色，心想，村里真是静啊，还像从前一样只有狗叫。

第四辑

水底的大王

水底的大王

琉璃王带兵包围了迦毗罗城。

迦毗罗国的净饭王逝世了。本该继承王位的释迦牟尼早已出家证道成佛了。下一代该继承王位的罗睺罗也被英明的父亲带去出家了。现在执掌政权的是英勇的摩诃那摩大将。

侵略者来势汹汹，摩诃那摩坐立不安。他想，这一天到底还是来了。他清晰地听见琉璃王在城门外发出的誓言：破城之日，血洗全城！

摩诃那摩甚至看到琉璃王眼里正喷射出仇恨的火焰。他知道这火焰的烈度，担心城门会被烧穿。他明白，这火焰在琉璃王八岁的时候就埋下了火种。

那时，琉璃太子奉父王波斯匿王的命令，从萨弥罗国到射术有名的迦毗罗国来学习射术。小太子被城内一座巍峨堂皇的建筑吸引了，那里面到处悬挂着美丽的幡盖，排列着整齐的坐具，檀香迷离地萦绕着。他和一些孩子在这里奔跑游玩起来，不料，释迦族中的人见到他大怒，下令将他早日送回国，并且凡是他留下足迹的地方，一律掘地七尺，重换净土。事后，琉璃太子听说了，明白了两件事，其一，那个地方是迎接佛陀说法的讲堂，是释迦族中的神圣之地；其二，他的母后末利夫人原来只是个奴隶，当年波斯匿王向释迦族的女子求婚时，释迦族的人自认是优等种族，不肯把女子嫁与异族，又惧怕波斯匿王日益强大的势力，族中的摩诃那摩大将就将家中美丽的侍女末利，当作自己的女儿嫁与波斯匿王。所以，当琉璃太子作为侍女生养的孩子在讲堂中奔跑玩耍时，被认为污秽了圣地。

琉璃王子发怒了。“等我做王的时候，一定要消灭释迦族！”

他急切地等待这一天。他甚至等不到父王把王位传给他，就与叛臣纠集军队，把王的侍卫杀死，夺走了父亲的王冠和宝剑。不久，逃亡的父王病逝，他无视兄长的存在，公然宣布继承王位，迫切地发动了这场战争。复仇的日子终于来了，他站在迦毗罗城的门外，一副势在必得的架势，等待享受复仇后的快感。

而城门内，释迦族的人在经过一阵射术御敌的抵抗后，后继无力，很快出现了混乱。有人开始主张投降，有人认为应该抵抗到底，更多的人则自顾逃命去了。

摩诃那摩忧心地看着慌张混乱的臣民，内心焦急却无可奈何，最后，他召集大家开会表决，将选择生死的权利交给臣民。继续抵抗赴死，还是投降保全生命？结果，主张开城门投降的人占多数。他仰天长叹：佛陀大智啊，他早就知道释迦族有这一天！

摩诃那摩心一横，下令打开了城门。

琉璃王的军队狂兽一般奔涌进城，坚守城门的五百人首先被杀死了，坚持抵抗的三万多人又被生擒。他们的结局当然也要被杀，可一下子杀死这么多人也不是一件容易的事，残暴的琉璃王下令，将这三万多人的脚埋在土中，准备驱赶大象将他们活活踩死。

摩诃那摩不忍看到这样的惨景，他对琉璃王说：“不管怎么说，你是我名义上的孙子，我能不能提一个要求？”

琉璃王问：“什么要求？”

摩诃那摩说：“你要杀死这些人，也很不容易呢，请让我潜入水底，你放他们逃命，等我从水底上来，没有逃得及的，你再杀吧。”

琉璃王大笑。“你这个办法很有趣，我答应你！”他相信，这老头憋不了多久，没有多少人能逃得了命，他乐意看一场好戏。

摩诃那摩很有意味地向他的臣民们看了一眼，慢慢向水中走去，人们望着他，水渐渐淹到他的胸膛，他停下来，又回头向岸上的人们看了一眼，人就在水面上消失了。当那片涟漪旋即平静，琉璃王回过神来，他一声令下，逃命的人们四散逃窜，一时，迦毗罗城大乱，人们奔走呼号，互相冲撞着，跌倒的人被踩得哇哇大叫，尘土弥漫了城的上空。

琉璃王看着这凄惨的场景，开心地一直在狂笑，他在复仇的快感中忘记了时间，当三万多人所剩无几，他才突然想起，摩诃那摩怎么还没浮出水面?

琉璃王命令一个水性好的人潜入水下去看个究竟。过了一会儿，那潜水的人上岸了。

“启禀大王，摩诃那摩王爷不会上来了，他为了帮助臣民逃命，把头发缠在树根上，抱着树死了！”

琉璃王僵立着，缄口不语。

女孩飞翔

女孩在镜子前打量自己，左扭右扭，开心地笑。她长出了一对漂亮的翅膀，白色的。她可以自由地飞行了。她不必去挤公交车，去闻众人的汗臭味、大蒜味，不必忍受不轨男人的偷偷非礼。她还有晕车的毛病，从此也可以避免了。

女孩到底年轻，单纯，扇动几下翅膀，翩然出了门，飞行在街道的上空。

如此飞翔，真正的特立独行，女孩当然骄傲。只是她还不太习惯这种出行的方式，飞得不高也不快。她发现从空中看地面，树是美丽的；屋顶有漂亮的，有丑的；爬行的车龙和行人的姿势完全是丑陋的。不到五分钟，地面交通堵塞了，汽车停下来，骑摩托车和自行车的停下来，人行道上的行人驻足仰望，望着她。她得意洋洋，蹬蹬脚，挥挥手，继续向前飞去。

当她到达城市广场的上空，地面一辆警车慢慢行驶着，一位交警拿着话筒对空中的她喊话，并连连摆手。她看不懂手势听不清话。她停止飞行，慢慢落到广场的红砖地面上。交警迎上来，敬个礼。“小姐，你不能这样走路，你已经影响了城市交通。”

女孩瞪大眼睛。“我飞我自己的，没有妨碍别人。”

“孩子，做人要随大流。你不是有腿有脚吗？要么走路，要么去坐车。这种样子太奇怪了，大家光看你，还不得出车祸？”

这时，广场的人们聚拢来，把警察和女孩围在中间。一个正在给行人硬塞小广告的男青年，突然大喊一声：“天使！Angel！”扑通一声，他跪在女孩面前。“你一定是天使吧。天使大姐呀，是天神让你来帮助我的吧，我是个大学毕业生，快帮我找一个工作吧，我有一个星期没好好吃饭了，我还欠着房东的房租，帮帮我吧！”

女孩一愣。她不过是个中学生，正享受着无忧无虑的假期；她不过是好奇，出来试试自己的翅膀。女孩看一眼男青年，眼色不满。“你叫谁大姐呀？”

男青年站起来。“天使怎么这么说话呀。”

女孩刚想说什么，一个乞丐又扑通跪在她面前。“小姐，听说天使是长翅膀的，你长了翅膀，一定就是天使了，行行好吧，让我变成一个富人，有房子住，有饭吃，有钱花。求求你，行行好吧。”

乞丐蓬头垢面，手里拿着一个老式破旧的搪瓷茶缸，臭气弥漫。女孩捂上鼻子，后退一步。她听父母说过，很多乞丐不是真的一无所有，乞丐是一种职业，不用理他们。可这个乞丐是真是假？她无从判断，而且这乞丐不是要一点零钱，他的要求太高了，她无法做到。她只好摇了摇头。

乞丐困惑。“我听说天使是神派来帮助我这样的人的，你难道……”他失望地站起来，端着破茶缸，在围观的人前一一走过，可没有一个人向他的脏茶缸里丢一分钱。

人群中发出议论声。一个中年男人走到女孩面前，议论声戛然而止。他说：“孩子，我是个农民工，我上过高中，知道天使的故事，我能相信你吗？我的孩子得了病，可没有钱，医院不收，我该怎么办？”这男人说着，滴下了眼泪。

女孩望着中年男人，呆愣着，不知所措。“我……我……”她不知该说什么。

人群发出更大更杂的议论声。一个中年妇女从里面挤出来，大胆地拉起女孩的手。“闺女，我不知道什么叫天使，可这半天我也瞅明白了，听懂了。你是老天派来帮助有困难的人的，那我现在有一个要求，你能不能帮我找个老伴儿，你不知道，现在像我这年纪，死了男人或离了婚，想再找个合适的人搭伙过日子，难呀。”

女人的话刚一落地，周围一阵哄堂大笑。女孩脸上窘得发红。“阿姨，我不能……我做不到……”女孩的话还没说完，女人变了脸色。“什么天使呀！”随着她的身影钻入人群，议论声浪起，甚至出现了谴责。

“唉，如今天使也堕落了，自私了，管你什么人间疾苦，神的眼睛也瞎了。”一个知识分子模样的人说。

那个交警则替女孩辩护：“没有什么天使，她跟我们大家一样，你们不要这样对她。”

一个胖男人可能因为热的缘故，外衣是披在肩上的。他走到女孩面前说：“你既然飞起来了，就要担负起天使的责任，不辱使命！”他傲慢地一转身，衣服掉在了地上，大家一片惊呼，因为他也长了一对翅膀，是褐色的。他急忙拾起衣服，披在身上逃走了。

围观的人们都变得不自然了，慌慌散去。女孩惊讶地望着他们，她发现那个知识分子模样的人肩胛处鼓鼓的，衣服的底边露出一截翅膀尖，是灰色的。还有很多的人背上也是鼓的，也露出了各种颜色的翅膀尖。

女孩说不出话。她没想到长了翅膀的人会被人误认为天使，而人们又认为天使就是来帮助人类的。原来，那么多的人都长了翅膀，他们都怕被误认为天使，都不想帮助别人，都把翅膀隐藏起来了。

交警同情女孩，和气地说："现在你明白了吧，快坐车回家吧。"就在他转身离去的时候，女孩瞥见，他的警服底边也露着一个翅膀尖，是黑色的。

女孩仰望天空，苍穹蔚蓝深远，她眼光波动，心灵也悸动了一下。她不愿舍弃空中的纯净和自由。她没有犹豫，扇起翅膀，又起飞了。

女孩追上发小广告的小伙子，帮他散发传单。女孩追上乞丐和农民工，把零花钱分给了他们。女孩追上那中年妇女，送给她一束鲜花……

第五辑 好宝贝儿

好宝贝儿

很长一段时间，香君与老黑的关系僵持着。

父亲在一次赶集时把老黑带回来，香君皱起眉：“你要它干什么？我哪有时间管它呀！”父亲像做错事又固执的孩子，不看她，只说：“不要你管，我自己管。”“那你往哪放呀？”“哪还放不下个它？”父亲管这只褐黑色的八哥叫“老黑”。“老黑，你好！”他的腔调甚至带着点顽皮。香君看得明白，他望着老黑的目光专注，慈祥，他从未用这样的目光看过自己的儿女！

老黑还小，还从没有人教过它说话，初来乍到，它也有些害怕，蹲在细铁丝笼子里的硬塑架杆上，缩着比身体更黑的小小头颅，瞪着黄眼球黑眼仁，一声不吭。

房子只有四十二平方米，是香君在东北的二弟专门买了给父亲住的。为了照顾父亲，香君和丈夫就在隔壁也买了房子，搬过来住了，把老房子留给儿子结婚。父亲之所以愿意来这个城市养老，是因为这个城市是联合国命名的最适合人类居住的地方。待在东北那个边境小城，他喘得厉害，每到春天，多少老人熬不过去，被阎王爷批发收购，他害怕。其实，父亲六十五岁以后，香君多次邀请过他，来她家体验性地小住，他一次也没吐口。他那时还壮心不已，还幻想着能再去边境那边做成生意，弥补他倾家荡产的巨大损失：房产没了，老婆死了，长子离了。香君让父亲过来，也是想引他离开那个环境，不要继续深陷下去。可直到七十二岁，他才在一个大雨滂沱的早晨来了，一如他年轻的时候，好不容易在母亲的唠叨下，准备给家里干点活儿了，天必定要下雨或下雪。香君和丈夫去码头接他，见他前额横刻了密集的皱纹，头发整体都是灰茫的，不免心生苍凉。明显地，父亲老了，他的到来，表明他也承认自己老了。

香君有十六年没见到父亲了，算起来这正是母亲逝去的年头。她一直认为母亲的死与父亲有直接的关系，她生父亲的气，离开了那小城，再也没回去。她和父亲也无话可说，每年除了他的生日和每个节日时给他寄点钱，只在除夕夜里硬着头皮给他打一次电话。父亲这次来她才知道，父女之间已经很陌生了。

她将父亲安顿在儿子上大学走后空出的小房间里。于是，安静的家里每天充斥了各种声音。夜里，父亲的鼾声如雷霆滚过；白天的父亲，则不时发出一连串的咳声，咔咔吐着痰，等他喘息过来，又开始高谈阔论。奇怪的是，他什么事都知道，属于那种没文化有知识的人，什么事都要自以为是地评论一番，香君表示异议，他就语气轻蔑地说："你是个书呆子，你懂啥？"香君不说话，心里生闷气。她记得父亲年轻时，回家只默默地吸烟，除了偶尔讽刺挖苦子女几句，很少说话。现在这样急于夸夸其谈，唯恐失语似的，也是衰老的表现啊。

更让香君生气的是，看到她用微波炉热饭，父亲说："啊哟，你现在也现代化了。"香君说，在这个城市，吃苹果跟吃萝卜似的，不用花钱买，每年两人单位分的都吃不完。父亲就说："我听上去，你在这里享老福了。"香君张着嘴说不出话。她刚来的时候租住在平房里，纱窗上游动着壁虎，米袋子上蹲着癞蛤蟆，父亲知道吗？他问过她是怎么过来的吗？

还有，他总是不会开防盗门，告诉他先往右边扭一圈儿就开了，再往左扭一圈儿，钥匙就拿下来了，可他每次都鼓捣半天。因此，他晚上溜到走廊去吸烟，为了不用钥匙开门，就让门敞开着，大批的蚊子溜进屋里，潜伏下来，关了灯就开始嗡嗡叫着，伺机吸血。香君不好发脾气，就说："你不是戒烟了吗？"他闷声说："抽耍烟。"

住进这所新房子里，父亲彻底戒了烟。他说一抽就憋得难受，自然就不抽了。香君发现，父亲越来越注意保健了。哪怕为了在这房子里多住几年，他也要努力争取寿数啊。明明有她每天晚上过来做一顿晚饭，他还要大动干戈，买来五谷杂粮，动不动就煲一锅粥，牢牢把持着使用厨房的权利。不管做得好坏，他还照顾得了自己，失去房产众叛亲离鳏居的这些年，他学会了很多事情。在香君家住的那个夏天里，他不自在，提出租房搬出去住，香君隔一段时间去看看他，发现他住得乱七八糟，吃得却齐全，绝不马虎。但父亲老了，总一个人住不是办法，香君的二弟见父亲在最适合人类居住的地方待了下来，不打算回去了，就决定买了这所房子。装修的时候，父亲一个劲地催香君和女婿，还没多跑跑味儿，就急着搬进来了。随着衰老，人无法像年轻时那样嘴硬了，父亲年轻时可是老把一句话挂在嘴边上："等我老了，我谁也不用，一个人到海边找个茅草房住着，钓鱼去。"

老黑白天待在父亲的卧室里，晚上待在卫生间。果然不用香君照顾，父亲每天打理它的吃喝拉撒。笼子的两头分别安装着两个同样的浅口小塑料盘，苹果绿颜色，一边是清水，一边是鸟食。而笼子底部的托板上，是老黑粗壮的粪便，像挤出的牙膏，父亲隔两天，就把这些不雅之物用水冲到坐便器里。能做到这样，殊为不易了。香君想起父亲刚到那几天，她陪他去逛景区，上出租车的时候，他身体吃力地钻进副驾座，嘴里叹息自己腿脚不行了。出租司机对他说，知足吧，老人家，多少人这个年纪躺在床上呢。香君也是这样来庆幸的，但她往往会忘记这一点。每天傍晚，香君过来做饭时，都是抬脚不定，因为地面上到处都是污迹，是鸟食，是这样那样的碎屑，卫生间的瓷砖地上水唧唧的，她得先拖地才能开始做饭，拖着拖着，烦恼袭上来，心里怪这老爷子，弄个八哥回来，多余找麻烦，嘴上不免唠叨两句。父亲才不理会呢，他坐在床上，弯腰冲着鸟笼子。"老黑，跟我学，你好！你好！"老黑昂着头，张望一下，嘴巴伸到餐盘里去了。父亲不气馁，"老黑，你好……你好……你好……"老黑在架上跳来跳去，完全不知道自己与这老头儿有什么关系。

不教老黑说话时，父亲看家谱，同时开着电视机，因为耳朵有点聋，声音开得哇哇的。他反反复复看着那家谱，还在纸上列出辈分排序。香君才不关心那家谱，反正上面也没有她们这些做女儿的名字。她奇怪的是，父亲如此的年纪，何以还会关注那么多的东西，国家大事，家族延续，自己的身体健康，甚至小区内的家长里短，都很上心。他活得真是有兴味呀。他在努力地活，比青年人和中年人更在意生命呢，更有生活热情。

中年人香君还有许多事情要做，所以，父亲能做到的事，尽量自己做，她也就任由他去做。她除了洗衣做饭，每天必做的是要过来检查父亲的安全问题，因为父亲每天晚饭后，必定要将大枣、白果、桂圆、枸杞，凑成一把，放进锅里添水煮，然后盛在碗里，边看电视边吃。她总担心他会忘记关火，把锅烧得焦煳，满屋烟雾弥漫，这事他不是没干过，吓死人。有天晚上，她过去检查时，却见父亲在吃海红蛤呢，炒锅里还有半锅。晚饭后，他一个人出去溜，路过附近的菜市场，见了这东西起了念头，便买回来加水加盐煮了。父亲说："吃吧。"她说："刚吃完饭，哪吃得下。"第二中午，父亲来敲她的门，原来，他把剩下的海红蛤去了壳，加上切块的胡萝卜，做成了一锅汤，让她帮忙喝。父亲喝一口，"哎——呀！"一声，让人以为那汤很难喝，却是最后补了一句："真鲜呀。"

父亲如此享受，香君应该高兴，可她常常暗里伤感。她想起了母亲。母亲跟着父亲苦了一辈子，过了劳累的一生，五十多岁就离去，当儿女们有能力并且懂得孝敬，倒是他来享受这一切！那些年，他一意孤行四处跑着做生意，一屁股债却要儿女来还，有时债主逼上门，母亲只好给人家跪下。到最后，房子没有了，母亲住到小女儿家，父亲过年时才回来一次，也赖着住过去。母亲不跟他说话。躺在医院将死的时候，父亲来病房看她，她的嘴唇嚅动了几下，终是没说一句话，别转了头，夫妻三十余年就这样永别！想象一下这一幕，香君就泪涌。父母之间到底有没有感情，这一点在他们这代人身上还真不好判断，他们爱过吗？他从不帮她做家务，她一个女人什么都要干，炕和火墙堵了她要掏灰，做饭时锅沿边上冒烟，她就自己和泥抹上，她甚至在寒冬里要带只有十几岁的香君和大弟上山拉柴，下山时，小推车翻了，她倒了，差点被车轮辗着，他知道了竟没有什么表示。他们吵架时，他从不哄她。他只默默地听她的唠叨和摔摔打打，实在听不下去了，抬腿走人。他靠打孩子出顿气，两人再冷战几天，慢慢日子又正常了。这些香君再清楚不过。如今凭什么他来享受？就因为他比她长寿？长寿可真是重要的条件，甚至是唯一的理由。因此，他现在那么在意自己的身体，还给自己弄来玩物！

“老黑，你好！”他喝着茶水，茶是女婿给的铁观音。

那八哥仍是一声不吭，象牙色的喙一口一口啄着香港产的鸟饲料，颜色是砖红的，一粒粒像仙丹。

香君只在厨房默默地做饭，从不靠近老黑，不跟它说话。她对各种类型的宠物都没有兴趣，认为浪费时间，又多份牵挂。本来饭也不必做的，父亲完全能自己料理，每天晚上多此一举，为的是大家一起围坐吃饭，一方面照顾了父亲，最重要的，是大家陪着父亲说说话，免去他的寂寞。白天，他有收音机、电视机，有香君给他买的二手电脑，还有小区里的闲人；晚上，自家的人在一起，有说有笑，有亲情，他的精神生活大抵可以了吧。她还是很替父亲考虑的。

父亲因为耳朵有点聋，所以说话声音很大，撇腔拉调地教着老黑说普通话，一句一句，像在教一个还不会说话的幼儿，因而只听声音的话，厨房里忙碌的香君简直不认得自己的老父了。她惊讶于父亲对一只鸟这么有耐心。早年，她和弟弟妹妹还小时，他什么时候这样对待过他们？要么不理不睬，要么就是抓住谁的弱点或犯下的错误奚落几句。香君搞不懂人怎么会有如此的变化。不过，她一直认为，相对于母亲，父亲是比较温和有耐性的。母亲肝旺气盛，脾气躁，动不动就火起，有一次，盛怒中她拿一只母鸡出气，用铁锹把母鸡的蛋黄都拍出来了，香君想起来心就发慌。也许这就是母亲失败的地方，她连死也那么急躁，从住院到死，只一个月时间。他们给人的启示是，漫长的俗世生活中，谁有耐性，谁够温和，谁就可能长寿。

“老黑，拜拜！”父亲奇怪的口音上扬着。

香君在墙这边微笑。她在一家杂志社工作，终于熬到不用坐班，版面上的事情可以在家里的电脑上处理。老黑“你好”还没学会，“拜拜”的任务又压上来，她觉得它像课业繁重的小学生那样可怜了。她不由地想起儿子小时候，她有时下班回来心情不好，儿子就问：“妈妈，是不是你们老总给你留了很多作业？”

不过，老黑倒显得心不在焉，不当回事似的，不是吃喝，就是跳来跳去。却是有一天，香君正要进厨房，父亲说：“你过来。”香君扶着门框。“什么事？”父亲面露喜色，弯腰冲着老黑。“老黑，来啊，说个‘你好’。”老黑只是昂起头鸣叫了一声，跳到了另一边。父亲继续诱导：“你好，你好！”老黑不理不睬。父亲将“你好”又重复了几遍，老黑仍是没有回应。香君笑一下，转身要去做饭，老黑突然开了口：“你——好——”音调歪歪扭扭，像幼儿牙牙学语，说得似像非像。香君大笑起来，一脸兴奋，满心好奇，那么长、那么尖尖的小嘴，怎么会完成人的复杂发音？她冷淡的心被激发了，走过去在笼子前蹲下来。“老黑，你好！”老黑愣头愣脑看她一眼，跳开了。又问了几遍，老黑眨着眼看她，就是不吭声，她去厨房找来一个馒头，捻了渣喂它。“老黑，你好！”老黑仍是一个字也不吐。

父亲哼哼地笑了，很是自得，还带着嘲意。

香君站起来，跺下脚。“说，你好！不说不给吃的了，饿死你！”

父亲再度笑了。“就你那样的态度，它才不跟你说呢。”

这话有道理，香君承认，她也是个缺乏耐性的女人，跟母亲差不多。其实，这些年，她一想起母亲，就提醒自己，一定要让自己性情柔顺一些，性格柔软的女人命才会好，可一遇到不顺心不顺眼的事，就跟母亲活着时一样唠叨开了，特别是跟父亲在一起，她不由地把他当作小孩子来教训了。比如父亲总是把白果皮啊桂园皮啊菜叶什么的，扔在垃圾筐的外围，就不能对准了再扔吗？最让她烦恼的是，父亲变成了购物狂，拿着自己的退休金，动不动就进了超市，要么就打三轮车去赶集，买很多菜回来，在塑料袋里装着，冰箱里放不下，就塞进哪个纸箱里，等香君看见了，不是长芽了，就是已经腐烂了。

“上次买的土豆还没吃完，你怎么又买？”

“菠菜这么老，你买这么多干啥？”

“说多少次了，你什么都不用管，怎么又乱买？”

父亲跟当年母亲唠叨他一样，也是不吭声，像是女儿根本就不存在。他那样子，不是怕女儿，而是懒得应对。在香君看来，父亲是个老小孩了，中年人是家庭的主宰，有能力掌控家人、掌控生活，她有这个优越感。丈夫总是悄悄对她说：“你不要那样跟老爷子说话，人家花了钱，帮你干活，还落一身不是？”香君说：“他太气人了，多浪费啊！看他的电视，遛他的鸟就是了，非得插手家里的事。”

香君最不喜欢父亲插手的是做饭，她有时忙，过来晚了，就见父亲已经洗好了菜，有时干脆就按他自己的意愿做好了。父女俩像在抢着做饭，她是嫌父亲不讲卫生，菜和盘子碗都洗得不干净，而父亲嫌她炒菜油盐放得太少，缺味。跟他说油和盐都不能多吃，他总是说：“管那个呢。”倒是有次他半夜里胸闷憋醒了，心脏也疼，送去医院住了一个星期，大夫让他少吃肉，少吃油，还不能吃太饱，他小心了一阵子，可过段时间，又回到老路上了。他跟小区里的老家伙们说：“什么都不让吃，活着还有啥意思？”香君不懂了，父亲那么怕死，那么注重保养，怎么这件事就不在乎了？哪个年岁的人都是如此吧，只要活着，都得讲究个意思。

老黑也是父亲的“意思”之一种吧。它已经能把“你好”说得清楚了，端正了。父亲又在巩固“你好”的基础上，加大了“拜拜”的力度。但是，香君每次走近它，让它说“你好”时，它还是不吭声。父亲哧的一笑，撇一下嘴，然后用他惯常的低音对老黑说：“你好！”老黑回以同样的问候，音质音调完全是父亲的。父亲又挑高了音调："你好！你好！"老黑突然将音调拔高，发出女人的声音："你好！你好！"香君大笑。父亲说，这是小区里3号楼的一个女人教的，那女人特别会哄它，夸它漂亮，夸它聪明，说它是好宝贝儿。于是，香君也学着那女人的腔调，跟老黑说"你好"，但她没有像那女人那样哄它，夸它，它当然仍不理她。"老黑，你是个大笨蛋！"她去厨房做饭了，她可没有时间跟它磨牙。她切菜，菜刀在菜板上发出"咔咔咔"的声响，老黑在那边也"咔咔咔"地学起来，声音和节拍完全一致。她扑哧笑出了声，却是懒得再理老黑，它竟然学刀板的声音也不学她。

楼下小商店有一只老八哥，会背唐诗，父亲为自己的老黑着急，听从了小区什么人的说法，把老黑的舌头修剪了一下，拿香油捻了。结果是，老黑不再开口，他一靠近它，它就向后躲，耷拉下翅膀蹲在角落里。他有些沮丧，只得一切从头开始，还殷勤地把苹果、白菜帮子往它嘴下塞。

香君认真地想过，自己老的那一天，会不会也像父亲这样，给自己弄一个宠物呢？一只猫或一只狗？人老了真的很孤独吗？有儿女也不行？她想到自己的儿子，已经开始离她远了，放假回来也不陪她，整天忙着去见同学，回到学校也很少来电话，偶尔打电话也是为了要钱。她已经体味到失落的感觉，将来他在哪里，对她有多少孝心还不知道。做儿女的虽然是父母给的生命，可回馈给父母的终是微乎其微啊。她坐在书房的电脑前工作，听到一墙之隔的父亲又在调教老黑呢。它不理他，他不在意，耐心地重复。

终于，老黑被父亲感化，又开口说话了。除了会说两种声调的"你好"，还会说"拜拜"了，完全是父亲的声音和腔调，多少次的温情重复啊。

"你好！""你好！""拜拜！""拜拜！"

"好宝贝儿，老黑是好宝贝儿！"父亲的声音满是欢喜。

香君在墙这边，停止了键盘上手的动作，发愣。

父亲夸老黑是"好宝贝儿"？他竟然也会说"宝贝儿"这个词？在他

七十多年的生命中，他什么时候说过这个亲昵甜蜜的词？他一次也没有对儿女说过，更没有对老婆说过，如今，他管一只黑不溜秋的鸟叫作宝贝，还带着“好”，带着“儿”化音的宠爱。要说是感情的自然流露，那么儿女们小的时候不是更可爱吗？不该是宝贝吗？以他的性格和语言习惯，说出这个词真让人感到奇怪。那么，他是跟3号楼那女人学的吗？香君亲眼看到，老年人学一件新东西是多么困难，父亲费了多大的劲才学会上网，她把开机关机的步骤，每一步的图标，用尼龙粗笔大大地写在白纸上，贴在电脑旁边，即便如此，他也总是点不开窗口，因为他不能凝聚他内心的感觉，手没准头了，鼠标老也对不准要找的内容，或者点击的同时手又动了。他的小女儿给他买了一部新手机寄来，他只用了一天，就要求香君给他把卡换回到旧手机上，实在是用不惯。香君不理解，用个新手机有什么难的，几天熟练了就好了嘛，后来她自己换了3G手机，也是有很多名堂搞不清楚，上微信还是儿子帮忙弄的，而她离老去不是还远着吗？她这才明白，人老了，宁愿抱残守缺，宁愿活在旧有的习惯中。

习惯是一种坚挺的势力，父亲是如何走出他的语言习惯的？过去让他说句好话是多么不易。香君一直学习成绩优秀，年年是三好学生，却从未听父亲夸过她。“你好！好宝贝儿！”父亲说得越来越自然了。香君当然也是说过的，当然只是说给小时候的儿子。让她说给老黑，不可能，因为老黑仍是不跟她说话。

僵持的改变始于父亲的一次出行。

父亲要去外地看他的长子，也就是香君的大弟，计划了很久，终于要成行了。香君觉得，父亲这辈子一直在犯走马星，喜欢到处跑，即使现在跑不动了，还在幻想去这去那呢。他说过多少遍了，趁着还走得动，要去陕西看看兵马俑，还想去湖北看看三峡大坝。香君说：“那就给你报一个老年旅游团，你去转一圈吧。”他说，等身体好好再说。他走路直喘，走几步就得歇上半天。这次出行，也不是因为他感觉身体好点了，而是因为大弟找了一个女人，在外地开了一个超市，他实在不放心。香君说：“你去看看又怎么样？看不看，他们该怎么干还是怎么干。”父亲不吭声，却自己去车票代售点买了火车票。毕竟，大弟是受他的连累才活得这样艰难，他定要去看看。对于他给老婆孩子造成的灾难，他从没有表示过歉意，没有内疚，没有忏悔，这个举动，算是一点心迹的流露吧。

老黑就只能由香君和丈夫来照料了。

父亲临出门，把一应事情做了交代，老黑吃的饲料就放在小客厅桌上，早上添一次，晚上添一次，水也要添两次。老黑被带到客厅里，放在一个塑料椅上。父亲俯身对着铁丝笼：“老黑，我走了，过些日子再回来。你在家好好的，听话，啊，要不没人管你了。来吧，说个‘拜拜’！”

“拜拜！拜拜！”老黑认真地看着父亲。

“嗳，好宝贝儿！”

这样的离别，在父亲还是第一次呢，香君的童年少年中，父亲经常出差，可离家前从没有这种场面。她站在一边短促地笑了一下。

当天晚上，香君和丈夫有饭局，回来太晚，就没过去看老黑。第二天一早，香君起床就去开了父亲的门，一进小客厅，就见老黑急迫地在笼里跳来跳去，水盘是干的，餐盘里光光的。她加了水，加了砖红色饲料，然后换上一副笑脸，试着用3号楼那女人的高腔对老黑说：“你好——你好——”

老黑急迫地回应了她：“你好——你好——”

香君一愣，继而呵呵自笑。老黑是多么聪明，知道主人走了，今后要靠她来管它，要对她示好呢。但是，这么久，它才在这种自危的情况下，第一次开口回应她，它懂得献媚呢。在这个世界上，人，禽兽，其实有着共同的心理活动，只是形体的差异和语言的障碍，使之各自归属于不同的生物圈，如果不用轮回来理解，又该怎样解释呢？香君含笑看了老黑一会儿，发现它并不是纯黑的，尾巴还带着白边呢。她终是没有夸它“好宝贝儿”。她想象3号楼那女人一定白生生、胖乎乎的，热爱宠物，与人交往能说会道。但她不想跟父亲求证。

父亲一去二十多天，老黑的吃喝香君没缺过它的，但是，她不愿意打扫它的粪便，把这活交给了丈夫。而丈夫是个性格活泼爱说话的人，每次干活儿时，都要逗老黑说话，它也很给面子，多数时候都给了回应。这样一来，香君再让老黑说话时，它又不说了。“这个聪明的坏蛋！”香君对丈夫说：“它看有你管它了，又不理我了。”丈夫说：“它知道谁真心对它好，谁是被迫的。”

香君心里“咯噔”一声，没有再理丈夫。

有天，父亲打香君手机，问老黑怎么样了，香君说：“你走第二天，它就跟我说话了。”父亲在那头为老黑的聪明嘿嘿地笑。香君开了父亲的门，走到笼子前。“老黑，快说‘你好’”，她拔高了音调引诱它，“你好，你好！”老黑跳过来，啄了一下手机，不吭声。她想了想，按下免提键。父亲的声音响起：“老黑——你好！老黑——你好！”老黑抬高了脖子，学着父亲低沉的声音：“你好！”“好宝贝儿，拜拜！”“拜拜！”

电话结束很久，香君的心里还回旋着这奇异的人禽通话。

老黑必是寂寞的，白天一整天都没人理它，晚上香君过来，给它添上吃的喝的就走，反正它也不跟她说话，她也就不想浪费时间，至于丈夫打扫鸟粪的时间，间隔得越来越长了。

父亲回来那天，香君拿了钥匙给他开门。老黑一见老头儿，欢快地连声大叫，拼力跳动着，仿佛要冲出来扑进他的怀抱。父亲俯身看着它。“老黑，你好！”

“你好！你好！”老黑的声音快速跳跃着。

“好宝贝儿！”父亲放下包，喘息着坐下，愉悦的目光看着老黑。这目光香君是陌生的，但她心里如释重负。

日子又复原，每天早饭后，香君坐在书房的电脑前，噼噼啪啪敲着键盘，而隔壁的父亲，发出一连的咳声，痰在嗓子眼里泡沫般“哗”地聚集，他会吐在纸巾里，扔进垃圾筐。然后就是“你好”“你好”“拜拜”“拜拜”的人禽对话。如果没有声息，那表明父亲不是赶集，就是去某个保健品销售点听讲座去了，到了中午，准会带着一包保健品回来。香君说：“你又去上当花冤枉钱。”他说：“这都是专家研制出来的东西，不相信科学行吗？”这就是老年人的选择，自然还有什么制氧机，电动按摩棒，每天一两次，插上电源，嗡嗡响起。春节前，妹妹给父亲寄来了新衣服，香君也张罗着要给他买件新毛衣，他一律拒绝。“我还不知能活一年两年，等我死了，这些衣服怎么办？给谁谁不要，烧了多可惜？”他一边做着很快死掉的精神准备，一边又做着延长寿命的物质准备。

这就是老人。

香君想，人到老年，不必劳动，子孙满堂，没什么大心思了，只一门想着如何长寿，这就是享受生活吗？那些保健品，父亲吃上一段时间，香君问他有什么感觉，他说，没什么感觉，身体机能过于衰弱，不灵敏了。香君没有像训孩子一样训他，也没有安慰他，实在是不知说什么才好。有天她从外面回来，见父亲带着老黑坐在物业办公室门口呢，还有几个老人也围坐在那里，她不认识他们，他们直勾勾地看着她，她便低头走过，却听到一个老人说：“现在的生活多好啊，咱们一定要长寿啊！”她继续走着，心却抖动了一下。是的，生活多美好，真该好好珍惜，好好享受。可他们这些老人，味蕾不敏感了，吃什么都没味道，情感迟钝了，干什么事都不能身心投入，多没意思啊。享受跟其他事情一样，也是需要精力和完备敏锐的感受力的，可当人有这种能力时，正是青年和中年时期，都在为生活蚂蚁般奔忙，哪有享受的心情呢？对于老年人，与其说是享受生活，莫不如说是看生活，活着就是看，多活一天，多看一眼这世界的变幻，看看还有什么新鲜玩意儿出现。

有件事，香君不是忽略了，而是一直在装糊涂。总有朋友问，没给父亲再找个老伴？她搪塞一下很快转移话题。父亲可从来没有提出过，她也按住不提，她一直认为父亲不需要女人，那些年里，他把母亲扔在家里常年在外面跑，回到家来，也没见他怎样体贴补偿，母亲最后病的时候，他没有照顾一次，母亲死后，他一次也没去墓地看看她。这是香君不能理解的，心里不满，但没有说出来。有次，父亲提着老黑回来，门开了一半儿，香君听到隔壁搬来不久的老人问他："老伴儿呢？"他答："死了。"老人又问："不想再找一个？"他说："不要。"钥匙从锁孔里疙疙瘩瘩抽出来，鸟笼子在门上磕了一下，门拖泥带水地关上了，一切又归于安静。据说那老人是农村来的，儿子给买的房子，和老伴儿住在这里养老，他不招人待见，小区的老人们和物业办公室的人都不愿理他，这简短的对话，表明父亲也不愿理他，还是父亲不愿谈及这个问题？

香君愣了一会儿神，书房里继续响起了键盘的敲击声。而墙那边，"你好""拜拜""好宝贝儿"的对话又响起了。她稍稍安心了，父亲并没有找老伴的愿望，他现在这样的生活不是也很好吗？

是不经意的一望，她窥见了一幕颇有意味的事。

五月，视野一片葱绿，父亲又开始张罗种地了。去年是地瓜，今年要栽葱。与小区一路之隔的另一面，有一片开发商征用却还没有起用的荒地，楼上很多人都跑到那里种菜，去年父亲叫上香君和丈夫也去刨了一块地。但是，父亲干不动，香君也干不动，女婿又没有时间，活儿往往干得不太顺利。今年好不容易抓到女婿的空闲，可是葱栽了一半，葱苗不够了。父亲又去集上买了一捆葱苗，等不及双休日女婿帮忙了，他也没叫香君，一个人去了地里。香君工作累了，便到窗前站一会儿，就看到那块地，父亲拄着镐头站在边上，葱苗都栽满了，一个老女人弯着腰在帮他浇水。香君认识，那是个脏兮兮的老妇，农村来的，住在儿子家，每天早晨等在垃圾箱边翻拣能卖钱的破烂，她的地与父亲的地紧挨着，被她收拾得整洁漂亮，种了茄子、辣椒、豆角、西红柿。父亲只种耐旱的葱，因为浇水是个大问题，问题在于过了马路要爬一道高坎才能进到地里，那个高坎，父亲每次都是拄着工具才能吃力地上去，提一桶水是绝不可能的，老女人虽然也六十多岁了，但干惯了农活儿，腿脚还很利索，有点干巴力气，她正用一个绿色的塑料水瓢，从水桶里舀了水出来。

香君突然觉得这一幕怪怪的，离开了窗口。

吃晚饭时，父亲说：“我今天又去买了一些葱苗栽上了。”香君没说话。女婿说：“你等我回来啊，一个人怎么干得了？”“这点活儿我怎么干不了，都弄完了。”父亲绝口不提老女人帮忙的事，香君装作不知道，嘴角牵出一丝不易察觉的笑。她知道，父亲是不好意思说呢。人老了，是不好意思让人看出老的，比如，女婿出差曾带回一个保健拐杖给父亲用，他一次也没用过。香君的一个女友因为母亲腿不好，给母亲买过一个拐杖，她母亲说不好意思用，香君才知道父亲也是不好意思。但今天的不好意思，香君猜不准，是父亲把老女人当作拐杖了，还是当作女人了？

想到此，再听到父亲与老黑说话时，香君的心里竟隐隐地歉疚了。

不久，香君有了一个学习的机会，必须要离家三个月。她把父亲交给了工作忙饭局多的丈夫，无非就是让他晚上回来，看看父亲的灶具关火没有。上天让人衰老，变丑，失去能力，来考验后代和他人的爱心、耐心，而爱心从来都是本能地向下一代流传，逆流绝不是本能，需要善良、道德、责任、细心。走的时候，她没打算跟老黑道别，是丈夫和父亲提醒她，她只得弯下腰。“老黑，拜拜！”老黑发出一种被惹到的发怒的声音。她没当回事儿，转身走了。

香君不放心父亲，打回来几次电话，询问他的身体状况，但她不会提起老黑。回来那天晚上，丈夫早早回家做了几个菜，三个人又坐在一起吃饭了，她知道，这三个月，多数时间父亲是一个人吃饭。丈夫说：“听说你今天回来，爸早早跑到集上买了新鲜鱼。”香君心里一暖，但没有说什么。父亲突然问她：“看到三峡大坝了？”学习快结束的时候，她跟随组织去了一趟长江三峡，电话里跟父亲说过。“看到了。”“有多高？”“一百八十多米，六十层楼那么高吧。给你看看照片？”父亲说：“不用，我在电视上也看了，我就是想去现场看看，那么大的工程，这在世界上也是了不起的。”香君重复起以前的话：“那就去看看吧，给你报个旅游团。”父亲说：“不去了，去年前年还有这个心气，今年连想法也没有了，走不动了。唉——”香君抬头看一眼父亲，发现他的白发比来的时候更多，更白了。这三个月，她庆幸父亲身体没出大问题，没给她添麻烦，她还以为父亲的状态不错呢。她从父亲的叹息中，听出幽深的遗憾，甚至能引申出对衰老的恚恨。

这时，卫生间传来一声鸟鸣，丈夫对香君说：“对了，你回来还没跟老黑打招呼呢，它现在可爱说话了。”

香君开了卫生间的门，蹲下身看着老黑。老黑突然打了个轻松的口哨，像在调戏少女。香君哈哈大笑。老黑也呵呵呵地笑了一阵，当然是模拟父亲。父亲在那边故意咳嗽起来，老黑也“吭吭吭”地咳起来，学得惟妙惟肖。没想到，这几个月，老黑进步这么大呀，像一个两三岁的孩子，发音成熟了。

“你好！”她以欣赏的眼神看着老黑。

老黑的腔调从容悠扬：“你好——你好——你好——”

香君欣喜地笑了，由衷夸道：“好宝贝儿！”

立刻，长久以来，她内心尖硬的一块地方柔软了。她自己也没想到，她终于又说出这个多年没有再说的词汇。

新的一天，清晨，香君继续坐在电脑前工作。隔壁又传来父亲的咳嗽声，吐痰声，然后就是例行的那一套对话，不过又加了新内容。“好宝贝儿。说个哈啰！”老黑却说：“你好！”“不对，是哈啰！”老黑却说：“拜拜！”

香君扑的一笑。父亲那些年跑来跑去，从没想到有一天会与一只八哥为伴吧，而她也无法想象，自己将会有怎样的老年。

时间在墙两边流逝，她怕老，他怕死，他们在生命的迷宫中摸索着。他们终会找到出口。

找 魂 儿

神婆儿七十多岁了，据说四十五岁那年出过一次车祸，从此变得能掐会算，神道道的，十里八乡的人遇上常规无法办到的事就去请她。但她看上去没什么特别的，个头儿不高，身板单薄，面黑，皱纹跟别的老太婆一样多。只是因为她戴着一顶直筒白布帽子，显得有点古怪。她由小男孩儿的外祖母搀扶着，吃力地爬上炕。

小男孩儿仰面躺着，一动不动。大年初三了，从年三十儿开始，他掉进睡眠的深河中，时而漂浮在水面上，舞胳膊蹬腿儿，眼睛紧闭，眉头扭动着，嘴里发出模糊的呓语，仿佛他要拼命醒来，但有什么东西拼命要把他按在枕头上；时而，他半张着嘴，表情松弛，薄嫩的眼睑半闭着，透出粉红的毛细血管儿，身体无邪地摊散开，呼吸以沉稳的节律轻微嘶叫着，很享受梦境似的，表明他掉进睡眠的河底，一时不会上来了。祖父背他去医院看过，除了脉搏有点弱，别的没什么问题，只好背回家来继续睡着。到了吃饭的时间，祖父强行唤他起来，百般哄着，喂点吃的下去，倒下又睡了。

“陌陌，陌陌！醒醒呀！”外祖母从邻村赶来。

小男孩没有一点回应。他的祖父，蓄着黑色的短胡须，但是头发半白了，坐在一边的塑料凳上，吸着烟。

“真是没福气的孩子，过年了，该吃好东西了，他却睡大觉。鞭炮也不能放。”

外祖母唠叨着，又连叫了几声“陌陌”，仍是没有回应。她不甘心，脱了棉鞋，蹁腿上了炕，两手扳着孩子的肩膀，将他扶坐了起来。“陌陌！陌陌！”小男孩哼唧了一声，歪下头，仍睡着。“陌陌，睁开眼睛看看，姥姥来了。”孩子不应。她又说道：“陌陌，快醒醒，睁眼看看，你妈回来了。”孩子没有上当，身子往下歪，她只好小心地放平了他。屋子里有点冷，孩子穿着苹果绿毛衣，她给他整理一下衣领，突然发现什么似的，手伸进去一摸，愣住，这才回头看一眼孩子的祖父。

“他怎么没戴玉石？”

祖父干笑一声，低下头，吸了口烟。

外祖母的眼神锐利起来。“丢了？”

“去年他上学没钱交学费，他爸拿去卖了。”祖父声音微弱，低到地面。

外祖母声音拔上顶棚。“卖了？那可是件宝物，他姥爷特意留给他压魂儿的，你们怎么卖了，就缺那几个钱？”

“那都是无稽之谈，谁信这个！再说，那么大一块石头挂在脖子上，上学不方便，怕他丢了。”祖父气硬起来，瞅一眼炕上的亲家母，脸扭到一边。亲家公活着的时候，他就看不惯他那种神神道道的样子。

外祖母气得拍一下自己的大腿。她那老头子活着的时候，懂易经，是十里八乡的文化人，经常给人测八字，看风水，起名字。陌陌的名字就是他起的。死前，他从他的宝贝柜子里拿出一个璞玉挂件，玉质混浊，大小如大人的手掌，上面雕刻着一个手舞足蹈的古代男娃，眉眼也就是大致轮廓，男娃的头上绕着一个古钱式样的玉圈，他说这叫“刘海戏金蝉”，他说陌陌胎弱，容易受到惊吓，戴上这块玉能护住他的魂魄，万一遇上大的惊吓，这块玉会先炸碎，而陌陌会平安无事。他抱着陌陌说：“这孩子长得真像我，可惜，我命不长寿，不能看着他平安长大，你们一定要好好养活他呀。”

他们是怎么做的，竟然把玉卖了！外祖母心口堵得慌，跟陌陌的祖父说话就没好气，问他是怎么看的孩子？她拉起孩子的小手，叫他看孩子的手都起冻疮了，她又去抚摸孩子的头发，说头发也不知道给理一理，乱糟糟的，母鸡都想上去趴着。

陌陌的祖父抬起头，倔着表情看亲家母。他当然不服气，孩子的奶奶死了，他一个人又要忙地里的活儿，怎么顾得过来？

这可不是理由，外祖母认为祖父是没上心，男人照顾孩子就是没有女人那么全心全意，他少抽一支烟的功夫也能给孩子做不少事呢，她看到他手里的烟源源不断地升旋着烟雾，顿感厌烦，口气陡地变得生硬，“就知道抽你那破烟，掐了，炝死人！”

祖父愣一下，看看手里的烟头，没多长了，犹豫了几秒钟，在鞋底上按灭了。亲家母的话他不爱听，谁说他对这孩子不上心，这可是他的孙子。她要是嫌他看得不好，她就领回去嘛，孩子可是她闺女生的。

外祖母听了这话更生气，她伸腿下了炕，边穿鞋边骂亲家，他这是不讲理嘛，她也有孙子，可没让孙子出丁点差错。陌陌是她闺女生的，可这个老头儿是他的爷爷，孩子要是出了事，她就跟这老不死的没完！

这个老婆子，怎么骂人呢，大过年的，人家都是拜年，她一个女人家，怎么来骂人？祖父站了起来，瞪起眼睛。外祖母霸道地挺挺鼓囊囊的胸脯，说大过年的，谁把孩子弄成了这样，吃捞不着吃，玩捞不着玩？祖父扫一眼外祖母的胸脯，没敢动地方。孩子这样子，不是他弄的，他哪知道是怎么回事，医生也看了，说没病。他气短地嘟囔着。

就是因为玉坠没了，孩子的魂儿丢了！外祖母坚持这么断定。祖父仍是不服气，可是犟不过她，因为他没有过硬的理由来解释这件事，连他信任的医院都没办法，他也只能听她的了，她要去请神婆子。这不是扯淡嘛，但为了孩子，由她去吧，总得为孩子做点什么。

外祖母满怀信心地出了门，心想他不信鬼，也不信神，就是王道吗？她老头子在世时总是说“举头三尺有神明”，到底有没有，谁知道呢，看不见就是没有吗？人不是万能的，所以，该敬什么，该信什么，就得低头。

一边帮神婆儿上炕，外祖母还在想，要是老头子还活着，就用不着求这神婆子来辛苦一趟了。她打了一个三轮车，到另一个村子里把她拉来，花了上十块钱，事情结束，还得给她两大张酬劳呢。

“陌陌哎！”神婆儿叫了孩子一声，在他身边盘腿坐了。

陌陌仍是沉睡着，瘫软着。外祖母说：“这孩子出生时不足月，气血不足，八字弱，容易掉魂儿。”

神婆用肯定的语气说：“一会儿就给他找回来。”到了这个时候，她显得跟别的老太婆有所不同了，她开始现出神秘的气息，并且成了这间屋子里最强大的人，每个人都在依赖着她。她满脸的皱纹像干裂的土地，里面藏着太多的时间，她的眼睛亮闪闪的，里面藏着多少人的秘密呀。她调整着坐姿，问道：“这孩子，上几年级了？”

“一年级，一年级。”祖父和外祖母同时说。

“他爸妈过年没回来？”

祖父看一眼外祖母，说：“他爸厂里加班，说是老板接了新订单，不让请假。”

“他妈也说不回了，火车票也不好买。”外祖母没理亲家。

“唉，作孽哟！现在的孩子，可怜哪！别看他们有吃有穿的。这个世道，人都疯了，城里成了疯人院，农村人也往里瞎跑。”

神婆儿一边说着，一边从随身带来的灰布袋里掏出一面圆镜子，平放在炕上，炕上铺的是红格子人造革。她的表情开始变得阴沉凝重。

“不去城里挣钱，哪有钱花嘛。”祖父又坐在那个小塑料凳上。

外祖母瞪一眼祖父，怕他惹神婆儿不高兴。神婆儿没理会他们，像什么都没听到，甚至什么都不存在似的。她闭起眼睛，调整呼吸，沉入自己的别人认为是神秘的世界。坐了有一分钟，她突然睁开眼睛，看向祖父：“给我拿个鸡蛋来。”如今小镜子不是每家都有，所以她出来做事都随身带着，鸡蛋可是家家都有的。

这在祖父可是新鲜事儿，头一次看见这架势，他一时还融不进这种陌生的氛围中，所以显得迟钝。外祖母嘲他低吼：“快去！”他电击般“噌”地站起来走出去，不一会儿，拿了一枚红皮鸡蛋进来。外祖母夺过来，小心递给神婆儿。

神婆儿表情肃穆，将鸡蛋放在圆镜的中心，两只青筋突显的黑手扶着，慢慢竖起来，口中念叨：“是你吗？他奶奶？”祖父在塑料凳上直起腰，极力抑制着哭笑不得的表情。神婆儿眼睛一直盯着鸡蛋，慢慢松开手，可是鸡蛋倒了下去，欲滚得远远的，她立马拦住，又竖起来。祖父的嘴角不易察觉地牵动了一下，随后又紧张地看着神婆儿的手。神婆儿又以商讨的语气说：“是你吗，他奶奶？是你你就承认吧。”她的手再次极其小心地松开，鸡蛋颓废地再次倒下。祖父松口气，缩下身去，对外祖母挤一下眼。

如此又重复了一次，鸡蛋仍是不肯立住。神婆不慌不忙，慢慢脱下碎花棉袄，看一眼祖父：“去，端碗水，拿根筷子。”

祖父看一眼外祖母，往外屋去了，转眼，一碗水和一根筷子就放在了炕上。

神婆儿穿着浅灰色的毛衣开衫，显得她生满老年斑的两手更黑，她将筷子竖在碗中，可能由于悬高了的原因，她的手微微抖着。细小的皱纹栅栏般围起她发乌的嘴唇，但她的话必须要冲破栅栏。“是你吗，他姥爷？”外祖母瞪着眼睛，表情紧张，盯着那根筷子。神婆儿等了半分钟，慢慢松开了手，筷子“叭”地倒下，掉在炕上。神婆儿脸色有点不悦。外祖母表情松了一下，继续盯着筷子。神婆儿将筷子重新插入水中，两手扶住。“是你吗，他姥爷？是你你就承认了吧，你最喜欢这孩子了，是吧？”她极力控制着手的抖动，小心缓慢地松开手。筷子又一头栽倒了。

祖父的笑纹牵动了一下，但还没出声，旋即收回了。外祖母没去理会，她紧张的表情完全松弛下来，却又挂上了忧虑，陌陌的魂儿，不是叫奶奶勾走了，也不是叫姥爷勾走了，那又是丢在哪儿了呢？他们一齐盯着神婆儿，看她还有什么招数。神婆儿倒也镇静，旁若无人似的，又闭起了眼睛，不知跟哪路大仙沟通去了。一会儿，她睁开眼睛，露出亮光，问祖父：“孩子是不是去村口的桥头玩过？”

“是，去过，回来说有只狗撵他，哭着回来的。”祖父的回答认真起来。

神婆儿又将右手放在膝头，手心朝上，拇指将其余四指掐来掐去，最后说道：“是，这孩子的魂儿是受了狗的惊吓，丢在桥头了。”她的表情舒展开了，配合着满有把所握的语气。

就知道是这么回事，陌陌的外祖母溜下炕沿，站在地面上，不满地看着陌陌的祖父。那块玉就是给陌陌压魂儿的，他们打了歪主意给卖了，孩子还得些年才能长大，没有玉了，还不得老丢魂儿啊？

祖父站了起来，要迎接亲家母的挑战似的。这老婆子就爱讲迷信，这跟那石头块子有什么关系？狗要撵孩子，玉石能挡得住？可外祖母非得计较这一点，说他们拿着宝物不当宝，愚昧无知。祖父偏就不信一块破石头是什么宝物，人能把命拴在一块石头上？那才叫愚昧无知！那陌陌的病是怎么回事？外祖母非要祖父给个说法，祖父说陌陌没病，他就是想睡觉。可七八岁的孩子活蹦乱跳，疯都疯不够，还白天睡觉？外祖母说祖父是强词夺理。

这时候，神婆儿皱起眉头，跟俗世的老太婆一样，挪动着屁股，一点点蹭着，脚到了炕沿上。外祖母急忙问：“大婶儿要干什么去？”

“我看你们是不想要孩子的魂儿了，我回家去！”神婆耷拉着眼皮，在地上找鞋子。

“要啊，要。大婶儿，嘿嘿，麻烦你了。”外祖母看了一眼陌陌，“要不，怎么能把你老人家请来呢。”

“那你们就别吵了，听我的！”

“嗯——”陌陌突然发出了声音，拐着弯儿，像是梦里跟谁撒娇呢。三个人，目光倏然发亮，一齐凑上去盯着孩子看，以为他要醒来了。可是陌陌踢了一下腿，一只胳膊伸出被子，长出了一口气，又安静下来，上眼睑似睁非睁，露着一道眼白，让人看着，他睡得很用力，很累。

"陌陌！""陌陌！""陌陌！"

真不知道究竟是什么样的魔力抓住了陌陌的灵魂，而他弱小的魂魄是迷了路，还是没有力气找到主人？两个亲人巴巴地望着神婆儿。

神婆儿恢复了神道道的状态，果断地说："快给我找件孩子贴身穿的衣服！再找一把稻草来！"

找回孩子魂魄的方法很多，这个神婆儿的方案是，由陌陌的祖父，用稻草擎着陌陌的衣服，到村口的那座桥下，喊陌陌的名字，让他回家，陌陌的外祖母陪着，代陌陌回答，这样一路地喊着往家走。而神婆儿要守在陌陌身边，备一碗清水，一双竹筷子，一个黄裱纸做的纸环，她将提前把纸环套在筷子中央，横在碗上，等他们一进门，她就观察碗里的动静，如果清水里的纸环有重影，说明陌陌的魂魄成功地叫回来了，这时要赶快把那件衣服披在陌陌身上，把稻草插在陌陌的头发上，不一会儿，陌陌就会醒来，要吃的，要喝的，蹦蹦跳跳要去玩了。

正是黄昏时分，陌陌的祖父和外祖母走在这个天灾与人祸不时现前的世界上。村子里极安静，哪有一点过年的样子啊，青壮年，无论男女，都到外面的世界去了，几年才回来一次，有的走了再没回过家。他们可能都忘记从前村里过年时的样子了，男女老少，涂上红嘴唇，画上红脸蛋，穿上鲜艳艳的衣服，腰里扯着花花绿绿的绸缎，扭秧歌，跑旱船，多热闹，多开心啊。此刻，老人和孩子都蜷缩在家里，连狗都不出声。他们从村街上走过，连只猫都没遇上，窗口闪动着蓝光的人家，隐约传来电视里动画片中小娃娃的叫喊声，而那些发黑的窗口，看不到任何生命的迹象，又像掉进了深不见底的睡眠，会随时传出可怕的噩梦中的呼喊，让人心口发紧。

荒芜的村子，像是被众多撕裂的灵魂遗弃了。

陌陌的祖父擎着稻草，像擎着一个火把，因为稻草上顶着陌陌的红色背心，不过，在黄昏的暗淡光线中，颜色快辨不清了。辨不清的原因还有一条，就是太脏了。陌陌的母亲走的时候，将陌陌所有的衣服都洗了，陌陌轮着穿，干净的轮完了，就把脏衣服再轮一遍，两遍，三遍。

外祖母实在忍不住，怪罪陌陌的祖父，就不能给陌陌洗洗衣服，非得等他妈回来，孩子才能穿上干净衣服吗？冷硬的微风划着她的脸，她一个劲儿地吸鼻涕。祖父认为他首要的任务是种地，别人的地荒了，他可不想那样，还要打零工挣点钱，家里还有鸡鸭，哪有时间洗衣服？他走在前面，不回头看她。

得了吧，种几亩地就忙得没时间管孩子？她认为这纯粹是借口，再说，现在是冬天，种的哪门子地？他只好转了思路，却仍然那么强硬，说什么他是男人，哪会干这种细活？男人，真是的，女人能干地里的活，男人就干不了家里的活儿？她总有话对付他。

祖父回了一下头，脚步并没有停下，他半是认真半是玩笑，叫她更年期老婆子，让她少说两句，他那亲家，就是让她给叨叨死的吧？外祖母紧追两步。他竟然又提到她的老头子， 这使她又想起他们做下的蠢事，那刘海戏金蟾……哎呀，别老提那块石头了，反正是没了！祖父停下脚步，拔高了调门儿，然后晃晃稻草。

外祖母张张嘴，看看稻草，忍住了还击的欲望，快步走到前面去了。不过，她不甘心就这样被孩子的爷爷压下气势，再说，两个人只沉默地走，多尴尬啊。想到陌陌这孩子，她叹口气，唉，外甥狗，外甥狗，他姥爷对他多好啊，她当姥姥的多惦记他呀，他都不记得了，放假了也不去看姥姥。等把他的魂儿叫回来，她要带他走。这话她是自己说说的，可是祖父听到不干了，她有她自己的孙子，凭什么要把陌陌带走，这是他的孙子，他离不开他。她给了他有力的回击：那就看好孩子，别再让他出事！

一声低吼吓得外祖母猛一哆嗦，一只游荡的狗嗅出她的陌生气息，她发出惊叫，停下脚步。祖父做了个幸灾乐祸的表情，走到她前面去了。

在一个院落门前，祖父扭一下头，认真地告诉亲家母，这是老胡家，三十儿前几天，陌陌天天跟着老胡的孙女去桥头接她妈，那孩子她妈就在附近煤矿上做饭，放假早，离家近，除夕头两天就回来了。外祖母想起什么，问祖父就是孩子他爸死在矿上那家吧？煤矿塌了那次。祖父肯定地回答了她，又补充说，村里在外面的人，就老胡的儿媳回来了。

两个人再不作声，仍是一前一后地走着。天光变得很快，比刚才暗多了，黑暗迫不及待地要吞噬最后的一点灰白。空气冰冷，传递着一种这个时刻特有的难以言传的忧伤。很快，他们走完了冷寂的村街。

村头，田野模糊一片，有人家的玉米秸还竖立着堆在地里，到处都影影绰绰的，感觉随时有什么东西窜出来吓人。临近河边干涸的稻田里，整齐排列着收割后低矮的柞头。几棵高大的柳树，枝条细密交叉地垂着，像人类头脑里纷乱的思绪。外祖母的注意力定在左侧那片黑森森的树林里。她停下脚步。她来时就看到了，一直寻思，这个村原来没这么片林子，树老粗老高的，啥时栽的，咋长这么快？

祖父也停下来，因为往右拐就是桥了，不能再往前走了。至于那片树林，是一个能干的东北女人包了地栽下的，这女人真会干，有的城市街道改造挖出的法桐树没地场放，她低价买来栽在地里，而有的城市要搞绿化，要好看的大树，就到这里来买，她可是挣大钱了。那不，边儿上还有一片小树林，也是法桐，这东西使上化肥，浇上水，疯长，来钱快。祖父有时也去帮工，挣点现钱。

外祖母感到奇怪，树也上化肥？天呀，地都种了树，哪来的粮食吃？祖父瞥一眼亲家母，觉得女人就是缺少见识，反正人都跑了，不回村里，粮食种点就够了嘛。他不知道亲家母想的是大事，她是说，农村都这样的话，全中国的人吃什么？他嘲笑她一个农村妇女用不着操这份心，管好自己的事吧。

她看一眼亲家手中的稻草，在他手里倾斜了，陌陌的小背心眼看要掉了，便质问他管好自己的事没有，看看自己的手！他急忙抬起手，正了正稻草，换到另一只手上，将原来那只快要冻僵的手插进衣兜。他虽然是配合着来走一趟，可心里还是怀疑，这把稻草就能找回孩子的魂儿？她叫他别再说没用的了，该干正事了。

他们往右转，脚步深深浅浅，向不远处的桥走去。外祖母表情肃穆，仿佛即将跟一种神秘的力量打交道，极度紧张。祖父瞟了她一眼，只得配合着她，不敢再说怪话。桥的另一头通向公路，不时有汽车驶过，车灯都打开了，狼眼一样，只是天幕还没有完全闭合，光线不那么刺眼。他们在桥头站住。河心幽黑，河岸结着白冰，白天那么熟悉的景物，此时显得有些怪异了。陌陌的魂儿就在桥头自己玩？在地面趴着还是在空中飘着？外祖母仰头看看天空，最亮的几颗星斗已经在闪耀了。

祖父看着亲家母不动。他该照神婆子教的喊魂儿了，怎么不喊呢，快喊呀？外祖母催他。他张了张嘴，没发出声音，难为情地看着她。她急了。哎呀，给我吧，我喊，你答应！她小心地接过稻草，整理了一下陌陌的小背心，高高擎起来。

“陌陌的老伙计——回家吧！”她转身往村里走。

“哎！”他紧跟在后面，答应得挺快。

“陌陌的老伙计——回家吧！”

“哎！”

陌陌的两个亲人，像两个梦游者，在混沌的天地间游走着，不过他们有着清醒的方向。天全黑了，黑到了底，墨黑的汁液在流淌，绕过了有光亮的地方。陌陌的外祖母低头看着路，万般小心地走着，生怕陌陌的小背心掉了。“陌陌的老伙计……啊呀！”她还是突然摔倒了，一只手还敬着稻草，一只手扶着地。陌陌的祖父急忙扶她起来，他们不能说闲话。她咝咝吸着气，揉揉腿，甩动了几下脚，又继续走了。

“陌陌的老伙计——回家吧！”

“哎！”

他们在繁星下进了村子，走上了飘着葱花味的村街，像是凯旋在一条重要的通道上。一些人家的窗口由于黑夜的映衬，更亮了，即使看不到人影，即使寂静无声，也让人感受到生活的永恒，而那些更加黑暗的窗口，用那可怕的沉默来宣告着什么。

“陌陌的老伙计——回家吧！”

“哎！”

神婆儿听到他们回来了。她敞开屋门，向银灿灿的星空望了一眼。根据提前安排，陌陌的外祖母站在门外问：“陌陌的老伙计回来没有？”

“回来了！”

神婆儿答应一声，退让一边。她已经准备好了，一碗清水摆在塑料小凳上，就放在炕前陌陌的头顶，套着纸环的筷子担在碗沿上。陌陌的外祖母和祖父绕着凳子旋转一圈，站在陌陌头顶，准备一个把背心披在他身上，一个把稻草插在他头上。

可是，神婆儿弯着腰，眼睛盯在那碗清水中，没看到纸环的重影。灯光的确有些昏暗，但水影是清晰的，她扶着膝盖，抬头看看陌陌的亲人，揉揉眼睛，又盯着那碗水看了一会儿，吃力地直起腰，摇摇头。祖父和外祖母同时凑过来，弯下腰，也没有看到重影。

“陌陌的魂儿没在桥头？”外祖母首先打破沉默。

祖父终于不耐烦了，把陌陌的背心丢在炕上，将稻草扔在地上，冲着亲家母说：“我就说这都是扯淡，就你爱弄这些迷信的事儿。”

“他爷爷！”外祖母使了个眼色。

两人同时去看神婆儿，只见她呆望着炕上的孩子，脸色萎靡，没有了信心，也没有了神秘。最后，她叹息道：“唉，我老了，功力可能叫仙家收回去了，帮不了你们了。这孩子可能是想爹妈了吧？”她开始穿她的碎花棉袄。

外祖母赶快上前帮她，一边说：“想有什么用？一个个都不回来，去年回来，还把孩子打了一顿。”

“那是孩子翻他们的衣服，他们以为孩子要偷钱。”祖父翻一眼外祖母。

外祖母不理祖父，看着神婆儿说：“大婶儿，还不是冤枉了孩子？孩子说一年没见着他们，翻衣服是为了闻闻他们的味儿。”

“唉——可怜啊，村里这些孩子，可怜啊！一家人在一起多好，饿不死。”神婆儿要离开了。

“大婶儿，再试试吧！”外祖母可怜巴巴地看着神婆儿。

神婆儿摆摆手，开了门，走出去了。外祖母追上去，手心里卷着两张大票，往她的衣兜里塞。神婆儿用力推开：“事儿没办成，我不能收啊。”外祖母感觉出她手上的力道还不小，当然了，神婆儿不帮人算命，不帮人找东西叫魂儿的时候，也要下地干活呢，她的儿女也不在村里，她也要照顾孙子或者孙女。祖父去送神婆儿，外祖母看见她的白帽子在黑夜里晃着。

陌陌在灯下仍旧痴迷地睡着，脸上稚嫩的皮肤绷得紧紧的，小嘴红红的，偶尔嘴角牵动一下。外祖母见过丢魂的孩子，她相信陌陌的魂儿的确不在他身体里，那老伙计到底去了哪里呀？孩子太弱小，在黑暗的睡眠沼泽中沉浮，哪有力气摆脱那黑铁石般的吸力？

“陌陌，你醒醒呀，跟姥姥走吧，跟着你爷爷那个老家伙，你就毁了。”

她满脸忧愁，端详着外孙，半天，摇晃了几下孩子。她准备把他抱到隔壁他父母的家里，那里有张大床，插上电褥子就能睡觉，她知道钥匙放在哪里，明天一早，她就带他回家，要是老头子还活着多好啊，非把外孙的魂儿叫回来不可。她听到门响，心想他爷爷那老家伙哪能这么快就回来了，抬头一看，就愣住了。她的女儿，陌陌的母亲，拖着一个黑色的大旅行箱站在门口。

“妈？！”

外祖母突然火起：“死丫头，回来也不告诉一声！”

陌陌的母亲笑着解释，她打工的那家工厂起火了，停产整顿，要不还回不来，偏巧手机这两天又丢了，想着要给家里一个惊喜，就没想办法通知。她把箱子拎进屋里来，才看到炕上的孩子。“陌陌！陌陌这么早就睡了？妈妈给你带了新衣服，新玩具，还有老多好吃的东西呢。”她裹着冷气扑上炕，摩挲着儿子的小脸儿。“陌陌！陌陌！”

外祖母简直不敢相信自己的眼睛，只见陌陌摇晃了几下头，像夏天午睡时要摆脱一只在他脸上闲逛的苍蝇一样，然后，他激灵一下，睁开了眼睛。“妈妈！妈妈！”陌陌一下子又变回淘气时的样子，他缘着母亲伸出的胳膊，扑进母亲的怀抱，拱动着，拼命吸纳着母亲的气息。